CÉCILE ET SES AMOURS

ROMAN

ALBIN MICHEL, EDITEUR
PARIS, 22, RUE HUYGHENS, 22, PARIS

CECILE ET SES AMOURS

DU MÊME AUTEUR

La Romance du Retour, Poème.

Le Copiste indiscret, Pastiches et parodies.

La Jeune Fille aux Pinceaux, Roman.

La Dame de leurs Pensées, Roman.

Sous le Règne du Débauché, Roman.

JEAN PELLERIN

CÉCILE ET SES AMOURS

ROMAN

ALBIN MICHEL, EDITEUR
PARIS, 22, RUE HUYGHENS, 22, PARIS

CECILE ET SES AMOURS

I

— Il pleut encore ?

Mariette répond : « Oui, Madame », s'age-
nouille devant la cheminée, tasse des sarments. Le
lit s'anime. L'édredon plat s'émeut, se soulève.
Puis, émergent des cheveux blonds en tumulte sur
un jeune visage, de frêles poignets, de gracieux
bras nus.

— Le pneumatique n'est pas arrivé ce matin ?
— Non, Madame.

Mariette place les bûches, allume. La baronne
Michereau s'assied et déjeune rapidement sans
attendre que la flambée ait attiédi l'atmosphère.
Elle est de cette génération féminine qui promène
des corsages ouverts en décembre, quitte à se
charger de fourrures en juin, et a exilé les peignoirs
douillets, les châles de coin de feu où se cachaient

les frileuses au XIX⁰ siècle. Mariette, paysanne
prudente, soucieuse du « coup de froid », est
maintenant accoutumée à cette hardiesse. Elle ne
s'attarde plus à prédire à Madame que Madame
prendra le mal de la mort. Elle se borne à réciter
d'une voix blanche sa leçon quotidienne : le menu
de midi, la hauteur du mercure au thermomètre du
salon, les envois des magasins.

— C'est bien, Mariette. Vous reviendrez dans
un moment. Quelle heure est-il?

— Neuf heures et demie, Madame.

Cécile gonfle son oreiller d'un coup de poing,
se replonge dans les draps. Elle entreprend une
prière, courte oraison matinale qu'elle n'achève
jamais. La torpeur du réveil ramène inévitable-
ment une histoire, toujours la même, un conte
mélancolique et lointain. Il était une fois trois
joueurs de tennis, deux jeunes filles et un jeune
homme, Cécile, Jeanne et Georges. Les deux
jeunes filles aimaient le jeune homme et cela finit
par un mariage, par deux mariages puisque la
dédaignée trompa son dépit en épousant le baron
Michereau, un vieux monsieur, aussi élégant et
vain que possible... Courte histoire dont chaque
matin précise un détail nouveau, une anecdote
oubliée que l'on retrouve avec amertume. Cécile

s'irrite, s'attendrit sur son sort, et, inclinant la tête, se caresse une épaule de sa toison dorée. Jusqu'à ce que la colère la reprenne, que se crispent ses mains et gronde à ses lèvres cette malédiction :

— La guerre! Cette sale, sale guerre!

Pour Cécile, la mobilisation n'a pas été le prologue de l'événement formidable dont les économistes disent qu'il a transformé l'Europe et les philosophes, qu'il ne changera pas les hommes. Aux yeux de la baronne, à son cœur, c'est la petite affiche qui a éloigné Georges. Parmi les millions de Français, elle n'en voit qu'un, un grand garçon, mince, agile, au regard vif, au visage imberbe. Elle soupire :

— Ça marchait si bien!

En 1913, le soir de la première journée des Drags, où les échotiers mondains ne notèrent pas sa présence, le baron Michereau rendait son âme frivole. Jeanne et Georges de Viargues, l'hiver suivant, commençaient de n'être plus les jeunes mariés que l'on voit constamment ensemble. Lui, se mettait à sortir seul. Elle, flirtait avec le petit Bischwerein, le banquier de la rue Rougemont. Et Cécile, guettant la désunion, choisissait les hôtels où le hasard des villégiatures réunissait Bischwerein au couple. Tandis que Jeanne s'amusait du financier, Cécile, éprise, attirait Georges, si bien qu'à Dinard, une quinzaine avant la première visite de M. de Schœn à M. Bienvenu-Martin, « ça avait failli se faire ». Il ne s'en fallait que d'une excursion manquée et l'on fixait, délicieusement, un rendez-vous à Biarritz pour six semaines plus tard. Six semaines plus tard, coiffé d'un casque à manchon poussiéreux, grattant une barbe de quatre centimètres, l'ex-partner de tennis des deux jeunes filles participait à la retraite de Charleroi.

De plus, la guerre a resserré les liens qui se relâchaient entre Jeanne et Georges. Deux lettres écrites à ce dernier par Cécile et envoyées à des adresses très sûres, sont restées sans réponse, n'ont pas obtenu les moindres mots d'excuse escortant la plus courante des banalités. Mais, bien que l'on ait affirmé que l'amour des femmes se nourrit de menues satisfactions orgueilleuses, celui de la baronne n'est pas amoindri par le dédain qu'on lui témoigne. Il ne peut se résigner à manquer de nouvelles. Cécile qui ne fréquente plus l'hôtel de Viargues, a su, employant des ruses de trappeur, aborder, soudoyer la femme de chambre de Jeanne. Cette fille, à chaque lettre de Monsieur, s'enquiert de la santé de son maître, avec un intérêt si ardemment respectueux, que l'on a plaisir à lui répondre qu'elle est satisfaisante et à joindre quelques commentaires. Presque chaque soir la confidente griffonne un pneumatique et la baronne reçoit, le lendemain de leur arrivée à Paris, tous les renseignements. Avant que *Le Figaro* l'annonçât, elle apprit la nomination du brigadier de Viargues au grade de maréchal-des-logis, puis, le galon de sous-lieutenant, le passage à l'infanterie.

— Rien aujourd'hui. Pourvu que... ah! Georges!

Cécile maudit l'absent et, cependant, murmure ce prénom avec ferveur. Son désir ne connaît qu'un homme. Avant et après son veuvage, elle a connu les solliciteurs nombreux. Les mêmes qui souhaitaient la dédommager de la société de son mari s'acharnèrent à vouloir la consoler de son absence. Maintenant, d'ailleurs, la baronne ne fait plus de visites et n'en reçoit plus. La veille encore, elle a froissé et jeté en boule sous l'énorme fauteuil anglais deux invitations à dîner.

— Me lever?... Bah!... n'est guère que dix heures... Bien le temps!

Etendant un bras blanc, Cécile choisit un journal, cherche un article que n'auraient pas inspiré les hostilités, quelques lignes qui évoqueraient le bon temps. C'est peine inutile. En première page, le docteur Duderod-Cornouille, célibataire endurci, exhorte au mariage et à la repopulation. Plus loin, un Sciences-Politiques, brouillé avec amis et famille, enfoncé dans une déplorable situation pécuniaire, donne des conseils à la France sur les échanges monétaires et diplomatiques. Viennent ensuite des délayages de communiqués, quelques lettres de combattants, un essai sur le prince de Bismarck. Jusqu'au feuilleton, genre Verne-Wells, qui explique un procédé pour mouiller les mines. Voici qui semble intéressant, enfin : *Un scandale à Montmartre.* La tenancière d'un hôtel garni, rue Victor-Massé et un pharmacien de la place des Abbesses, associés pour le commerce de la cocaïne...

... Sur le journal à demi déplié, Cécile cloche et finit par s'endormir... Jeanne est délicieuse, oui, Georges, mais si vous pouviez voir la petite baronne Michereau dans son sommeil et presque hors de sa chemise, il vous serait défendu de n'être pas troublé, reconquis. Elle a cet embonpoint opportun qui ne favorise aussi délicatement que les blondes, une gorge pulpeuse et qui ne fléchit point, un teint d'enfant après le bain. Ses coudes sont deux fossettes. Il la fait si bon regarder que ce vieux dragon moustachu de Mariette en est tout attendri. Mariette, entrée depuis deux minutes, ne risque pas un mouvement. Au fond de l'appartement, la cuisinière Séraphine rudoie ses casseroles avec tant de brutalité que la somnolente ouvre les yeux.

— Euh!... C'est vous, Mariette?

La servante sourit largement. Et sa bouche où des dents manquent à intervalles réguliers présente comme un alignement d'arcs de triomphe en miniature.

— C'est moi, Madame.

Mariette s'approche du lit, s'exclame :

— Oh! ça!... Madame qui s'est endormie le nez sur un journal!

— Oui, en effet... Avez-vous préparé le bain?

Mariette n'entend pas la question. Elle montre la gazette froissée sur l'oreiller.

— Madame sait-elle ce que ça signifie?

Cécile fait signe que non.

— Faut repérer l'endroit, faut lire la phrase où que le nez de Madame se trouvait pendant que Madame dormait.

Et la femme de chambre ajoute, sentencieuse :

— Cette phrase est un avertissement du Ciel!... C'est une dame qui dit l'avenir boulevard Ornano...

Cécile sait se tenir devant les domestiques et comme il sied de leur couper sèchement la parole.

— ... Je vous supplie de ne pas m'ennuyer avec vos bêtises. Avez-vous préparé le bain?... Non, eh bien! dépêchez-vous. Pas de fleurs, aujourd'hui, ni de sels, n'est-ce pas? Et que le peignoir ne soit pas glacé comme hier!

Puis, la main tendue vers la cheminée :

— Et le garde-feu?... Encore oublié de le mettre! Le jour où une étincelle sautera sur les draps...

Mariette dispose la grille et s'en va. Dès qu'elle est seule, Cécile regarde anxieusement la feuille où reposait sa tête.

— Voyons!... J'étais placée comme ça. Le journal n'a pas bougé... Si, un peu. Là! voilà, Ce doit être ce passage.

Et Cécile lit :

... Nous autres, Français, nous attendons que les alouettes nous tombent toutes rôties. Efforçons-nous, et sachons nous organiser. De la méthode, encore de la méthode, toujours de la méthode. Et nous arriverons à nos fins.

II

Mme de Fauquenouilles est une de ces
dames entre cinquante et soixante hivers, une de
ces dames aimables, grasses, un brin autoritaire
qui, nées et demeurées dans le peuple, eussent logi-
quement achevé leur existence entre les multiples
glaces de salons à dorures, au milieu de dames plus
jeunes et moins vêtues qu'elles.

Mme de Fauquenouilles n'a pas complètement
raté sa vocation. Depuis que l'âge a éloigné de
ses charmes les plus humbles de ses derniers admi-
rateurs, elle éprouve un irrésistible penchant à favo-
riser les unions. Elle est réputée pour manquer les
mariages, mais elle a le don de susciter ces liaisons
qui seront longues ou furtives, dangereuses ou sans
importance. Par quel mystère son hôtel maussade,
qui semble, du dehors, le dernier refuge des jan-
sénistes, donne-t-il au monsieur et à la dame qui
s'y rencontrent une furieuse envie de courir ensem-

ble vers un autre hôtel? C'est ce que nul ne comprit jamais.

Avant la guerre, Mme de Fauquenouilles connaissait des triomphes. Mais elle les comptait. Depuis le début des hostilités, elle ne les dénombre plus, ils sont trop! Tant d'âmes esseulées cherchent une âme sœur : « Il n'y a plus un homme dans Paris! » soupire volontiers la bonne hôtesse sans se douter que la joie de son regard dément ses paroles. Car elle a su faire sa mobilisation à elle. Elle a recruté parmi les demi-vieillards à qui l'absence de la jeunesse a rendu de la verdeur. Elle a invité, avec le sérieux qu'elle eût mis à convier des fiancés possibles, les jouvenceaux qui ont à peine franchi l'âge du premier cigare. Ces deux éléments font une moyenne. La moyenne et de nombreuses dames se réunissent deux fois la semaine chez Mme de Fauquenouilles, rue Saint-Guillaume, pour collaborer à une œuvre opportune et cotée : *Le Paquet du Diable Bleu.*

L'après-midi d'aujourd'hui n'est pas très couru et la maîtresse de maison en marque du dépit. Elle ne cesse de harceler sa lèvre inférieure avec sa fausse dent de l'œil gauche ce qui dénote, pour ses intimes, de la colère et de l'énervement. Elle regarde avec une grimace ruisseler aux hautes fenêtres à rideaux couventins le premier beau soleil de l'année.

— Tous les mêmes ! murmure-t-elle. Les soldats, nos chers soldats, ils en ont plein la bouche. Et, à la première occasion de promenade...

Le soleil fait une rude concurrence à l'œuvre. Ne sont venus pour plier les chaussettes, ensacher le chocolat, tasser le tabac et serrer les ficelles que cette gnolle de petite des Urettes à qui l'on ne peut arracher un mot, l'aigre douairière de Mont-Vouzoie, de plus en plus sourde, de moins en moins affable et ses peu désirables nièces Sophie et Valentine. Le clan masculin n'est représenté, si l'on peut dire, que par le quasi nonagénaire comte de Perquemenon, membre des Inscriptions et Belles Lettres, candidat à l'Académie Française et à la petite voiture :

— En vérité, Mesdames... brrou, brrou, je vous le dis. Cette guerre est symbolisée par deux fleuves mythologiques. Pour les uns... brrou, brrou... c'est l'Achéron, et pour les autres le Pactole !

Le comte a trouvé cette appréciation il y a six mois, et comme c'est probablement la dernière de sa longue vie de polygraphe, il la répète complaisamment aux deux réunions de la semaine.

— Que d'esprit, mon cher comte, et quel joli

rapprochement littéraire! dit en minaudant Mme de Fauquenouilles qui ne cesse d'enrager et se sent naître une envie féroce de mordre le crâne rose du vieil enfant.

Espoir. Un coup de sonnette. On reconnait le pas précipité, la hâte à se délivrer du manteau. Voici la princesse Waïadiska, naguère Zouzou ou Tadi pour les intimes, une grande fille brune, souple et remuante dont on ignorait le nom, avant la guerre, quand on ne le prononçait pas avec horreur et qui n'était reçue que dans les ateliers de Montmartre et certains sous-sols des Champs-Elysées. Son ardeur à courir des hôpitaux aux ouvroirs lui a gagné tous les cœurs depuis six mois. Elle a déménagé, cassé les clichés qui la fixaient assise, nue, dans une gaze légère épinglée aux épaules et à la ceinture et son salon ne la montre plus que sous la coiffe étroite de la Croix-Rouge.

— Je suis rompue, éreintée, gazouille-t-elle, en se laissant choir dans un fauteuil. Deux séances si dure hier et ce matin, autre ennui, l'opération de mon 56. Songez donc, Madame, un pauvre soldat atteint d'une terrible maladie véné...

D'un regard de poule effarouchée, la maîtresse de maison rappelle qu'il y a des jeunes filles et couvre la voix de la narratrice.

— Vénéneuse, princesse, vénéneuse!

— Vénéneuse, c'est bien ce que je disais!...
Enfin, ça n'a pas été une petite affaire, je vous
jure, et je suis fatiguée, fatiguée! Mais cela ne
fait rien, je suis contente, j'ai de bonnes nouvelles
de Papa!

Papa; c'est un fameux chef de cosaques, toujours à cheval et toujours sabrant.

— L'ataman se porte bien? susurre Mme de
Fauquenouilles.

— Merci, comme un charme. Constamment
en selle! Je crois qu'il dort sur sa jument!

Valentine de Mont-Vouzoie rappelle timidement que pareille chose arrivait à son frère Bruno
quand il était garde d'écurie aux hussards. Le
comte de Perquemenon, lui, malgré les éclats de
voix de ces dames, somnole sur ses ficelles.

— Allons, dit la princesse, il faut que je m'y
mette! Nous allons serrer le perlot! A propos,
Madame, je veux vous amener un compatriote, un
homme richissime et délicieux qui s'occupe, lui
aussi, d'œuvres de guerre et avec quel zèle, quel
entrain! Il va fonder de ses deniers, joints à ceux
qu'on lui confiera bien entendu, des réfectoires
dans les gares, toutes les gares du front pour que
les soldats de passage y trouvent un repas chaud —

chaud, vous entendez, Madame! — et solide. En somme, une entreprise...

— Considérable!... complète machinalement le vieux polygraphe qui s'est éveillé.

— Ah! c'est bien le mot! Il faut pour mener cette affaire un homme, un cerveau! Il faut Michel! Je l'appelle Michel, nous avons joué ensemble sous les yeux de nos nourrices, c'est le fils d'un vieil ami de la famille, Michel Kerzégov.

Mme de Fauquenouilles tend l'oreille. Et sans penser que l'indication sera indiscrète pour la princesse, elle demande, car c'est la question qu'elle pose toujours :

— Quel âge a votre ami?

— C'est que dire son âge, c'est presque avouer le mien!... Oh! vous savez, je n'ai pas de coquetterie... Vingt-huit ans!

La plus jeune des nièces de la douairière lance d'une voix agressive, aussi sèche que sa personne:

— Comment? A cet âge-là, il n'est pas au front?

La princesse, loin de montrer de la surprise, sourit, non sans orgueil :

— Ah! Mademoiselle! Chez nous, donc! ce n'est pas comme chez vous! Il y a tant d'hommes, tant et tant en Russie! Ils ne peuvent pas être tous à la guerre. Et puis, vraiment, Michel, par son entente des affaires, son génie d'organisation, rend beaucoup plus de services en faisant ce qu'il fait!

La petite des Urettes de qui le mari, conducteur d'autos à la censure, se fait injurier chaque jour à tous les coins de rues, approuve en défiant l'assistance du regard.

— Enfin, conclut la princesse, je ne vous en dis pas davantage. Vous verrez Michel. C'est un charmeur!

— Amenez-le moi! La prochaine fois, n'est-ce pas, sans faute! murmure d'un ton suppliant Mme de Fauquenouilles. Voyez! Ces pauvres paquets sont bien délaissés! Ah! en hiver on était plein de zèle. La vicomtesse de Montalam, à force d'emballer, prenait des ampoules. C'était à qui viendrait le plus tôt, travaillerait sans relâche et partirait le dernier! Les jeunes filles en oubliaient de boire le thé. Maintenant, ce n'est plus la même chose! La guerre se prolonge! Le Bois devient tentant! Alors, on néglige mes alpins!

D'une voix vibrante, Waïadiska rappelle que les alpins, eux, ne négligent pas de défendre la patrie. Elle savoure l'effet produit, puis négligemment :

— La baronne Michereau n'est-elle pas de vos relations?

— Michereau, cherche la présidente, attendez donc. N'est-ce pas la petite...— Mais oui, j'y suis, c'est la petite Cécile Deroy, la fille de l'ancien procureur général!

— Ce doit être cela! On dit qu'elle ne voit personne, qu'elle ne sort jamais...

— Vraiment? Comment n'ai-je jamais songé à cette enfant?

— Ce serait une recrue...

— Hé oui! Mais vous êtes sûre qu'elle n'est pas engagée quelque part déjà, qu'elle n'est pas infirmière?

— A peu près sûre. Cela fait au moins deux fois que je l'aperçois rue de la Paix en passant en auto. Elle n'a pas du tout l'allure d'une personne affairée. Elle traîne devant les magasins...

— Aux paquets, affectée aux paquets! décrète Mme de Fauquenouilles, d'une voix triomphante.

Elle rayonne, elle évoque, en se trémoussant sur son fauteuil la petite fille qui saute à la corde :

— Voyons! par qui pourrais-je la demander?... Les Deroy n'étaient-ils pas apparentés aux Vauxrougé?... Non. Eh bien! j'enverrai chez elle notre grand racoleur, cette intrépide Cosaille. Cosaille la décidera... Si je travaillais un peu... Comte, vous rabattez le papier comme un ange. On jurerait que vous avez servi toute votre existence au *Bon Marché!* Et ces jeunes filles, que de peine elles se donnent!... Dire que je ne pensais pas à cette mignonne baronne Michereau. Je l'ai vue haute comme le tabouret! Elle promettait d'être jolie, oh mais, jolie!...

Waïadiska sourit et assure que la promesse a été tenue.

— Parfait, c'est si désagréable un visage maussade! Allons, princesse, il faudra me dénicher une adresse pour les couteaux à cure-pipes. Trois chefs de section m'ont réclamé des couteaux à cure-pipes!

III

Bien que, la veille, elle ait traité de bêtise l'affirmation de Mariette, la baronne songe à la coïncidence de son nez rose et de l'imprimé. Depuis vingt-quatre heures, elle est préoccupée. En mangeant ses œufs miroirs, en chipotant son beefsteak, elle repasse mentalement les phrases magiques. Elle murmure : *Nous ne savons pas nous organiser. De la méthode, encore de la méthode!* Dans sa petite tête aux cheveux blonds, l'idée qui est née, grandit et s'installe. Et, seule, à la salle à manger, semblant attester un puits d'amour, deux barquettes aux fraises et un panier de fruits, frappant la table de son poing, Cécile, tout à coup, s'écrie :

— Il faut que Georges vienne à Paris! Il faut qu'il soit affecté et qu'il reste à Paris!...

L'entreprise n'était pas aisée. De la méthode, toujours de la méthode! Cécile se fait servir son café dans sa chambre. Elle ouvre son petit bureau

à cylindre, s'installe, choisit une grande et double
feuille de papier blanc et de sa haute écriture angu-
leuse, en titre, elle trace à l'encre violette : *Personnes à voir!*

Cécile, ainsi qu'il convient, s'est souvenu de la
toute puissance des relations. Elle a négligé depuis
deux ans les amis de sa famille et les camarades de
son mari. Mais renouer sera facile. En tête de sa
liste, la baronne écrit : sénateur Loeuf.

Le sénateur Loeuf est un haut personnage. Il
décrocha par deux fois un portefeuille, dans des
cabinets éphémères, il est vrai. Le second, surtout,
fut à ce point transitoire qu'à peine installé dans
les locaux officiels, l'impétrant dut déménager et
l'aventure égaya pendant six semaines les auditeurs des cabarets montmartrois. Ces deux passa-
ges au pouvoir comptent tout de même. Le Français le moins révérencieux ne feuillette jamais le
Journal Officiel sans être saisi par une sorte de
respect. Les couplets frondeurs répètent que Loeuf
ne fut pas ministre longtemps, mais l'on se rappelle, grâce à eux, qu'il a été ministre et cela, seul,
importe. Aujourd'hui, le sénateur est membre,
membre écouté et agissant, de la commission de
l'armée. Cécile ne lui a jamais rien demandé. Elle
sait néanmoins qu'il passe pour complaisant et

débrouillard. Elle sait aussi, pour avoir entendu sans broncher des galanteries assez osées, qu'il se plait à flirter.

— Et d'un !

Ensuite, et sur la même ligne, car ce second compère est pour le moins aussi puissant que le sénateur, Cécile coucha le nom et le prénom d'Isidore Nubout, l'académicien Nubout et le baron Michereau furent, de la huitième à la philosophie, les deux derniers de toutes les classes — y compris celles qu'ils redoublèrent — et usèrent leurs culottes sur les mêmes bancs pendant onze années. Après quoi, dédaigneux du diplôme, Nubout, laissant Michereau aux écuries de course et aux parties des cercles, se mit à travailler, découvrant les beautés de la littérature, s'éprenant d'art, étudiant avec délices le latin et l'italien. Un voyage qu'il poussa jusqu'en Sicile, des méditations ferventes devant les tableaux, les statues et les églises révélèrent à Isidore sa vocation. Et, chaque année, depuis la vingtième de son âge, il fait paraître un roman qui tient de la carte postale illustrée et du catalogue de musée, où le héros peintre, l'héroïne poétesse récitent Dante, Gabriel Rossetti et Pétrarque, paraphrasant Ruskin et refont l'itinéraire des Ufizzi entre deux étreintes, un roman bric-à-brac qui sent la vieille mythologie, l'arrière-boutique d' « antiquités » et dont le pavillon d'érudition couvre la marchandise, en l'espèce, une pornographie savante. L'appartement de Nubout est galamment disposé et meublé. Il montre, sous une grande vitrine, une collection unique et savoureuse de montres anciennes aux boîtiers ornés de nymphes à longues jambes et de bergers entreprenants. Aux murs, les modèles polissons du siècle charmant, cabriolent, exhibent du rose et de l'ambré, comparent des agréments, laissent tirer avec nonchalance leurs chemises par des amours. Les visiteuses admirent. Elles écoutent l'académicien qui les compare à la belliqueuse Camilla, à la nymphe Euryclée qui se réjouissait de lancer des flèches, à toutes les divinités des Parnasses érotiques. Et ces dames sont ravies. Les protégés de Nubout sont leurs protégés. Bureaux de tabac, palmes, mutations, il obtient tout ce qu'il demande et on lui sait gré de ses requêtes.

... Sénateur Loeuf, Isidore Nubout. Cécile ira voir le premier demain et, après-demain, suivra les rues qui mènent chez le second. Il s'agit de se bien habiller. Or, la baronne n'a la sensation d'être vraiment habillée que si tout ce qu'elle porte sur elle est du dernier raffinement.

— Il y a si longtemps, dit-elle pour soi, en rangeant son papier, si longtemps que je ne me suis préoccupée de ces choses !

Elle ouvre tous ses tiroirs. Voici des bas de soie araignée qui passeraient par douzaines dans la bague d'une naine de féerie, des combinaisons délicieuses dentelles noires, soies crèmes brodées de blanc. Cécile laisse tomber son peignoir, puis se dévêt complètement. Elle n'ose pas regarder son miroir ; elle a comme un serrement de cœur, chaque jour, au bain, en s'occupant de toutes ces beautés que l'absence de Georges rend inutiles. A quoi bon renouveler l'épreuve ? Rapidement, elle passe une courte tunique en batiste à Malines, gante ses jambes d'un tissu miraculeux et, après hésitation, se décide pour un coquin de pantalon comme on n'en ose plus.

— C'est dommage, c'était si gentil !

... Un brouhaha, une porte battue, un bruit de voix et de pas. Et voici dans la chambre de la baronne, toutes fourrures dehors, coiffée d'un énorme chapeau Basile à larges ailes noires, dressant sur des talons hauts ses cent soixante et dix-huit centimètres, Cosaille, l'énorme Cosaille, la terreur de Tout-Paris. Les surnoms ne manquent pas à cette virago. Elle est la « Costaude des Epinettes », la « Femme-torpille » ou encore le « Cuirassier Noir ». On la craint, on la fuit, on ne l'évite jamais. Elle parcourt deux cents kilomètres en métro par jour, fait cent visites à n'importe quelles heures. Elle protège les filles-mères, accouche les femmes pauvres, évangélise les chauffeurs de taxis, et se multiplie depuis le dernier août pour toutes les œuvres de guerre. Elle voulait voir la baronne. « Madame ne reçoit pas », a dit Mariette. Mariette a reçu en pleine figure quelque chose qui ressemblait à un coup de poing. Et Cosaille a passé.

— Non? Ce n'est pas vrai? hurle-t-elle en voyant Cécile. Je ne veux pas y croire! Vous vous offrez des visions d'art en chemise et en pantalon? Vous faites du cinéma libertin devant vos glaces? Qu'est-ce que ça signifie?

— Je vous assure... balbutia l'autre que l'on ne questionna jamais avec autant d'autorité.

— Il fait trop chaud chez vous, ma petite, affirme Cosaille, en envoyant prestement les deux tiers de ses peaux de bête sur le lit. On étouffe! Vous allez faire de l'anémie et de la neurasthénie! Or, c'est pas l'moment, hein? S'agit d'en mettre un vieux coup, c'est la guerre! On travaille, on se grouille-grouille, comme dit mon zouave!

— Mais...

— Voilà une petite dame qui s'amuse avec son linge ! Eh bien, moi, la mère Cosaille, je viens vous empoigner par la peau du derrière et vous lancer dans le mouvement ! Ecoutez-moi bien. Vous m'écoutez ?

— Je vous écoute, dit d'une voix blanche la baronne, soumise.

— Bien ! Asseyez-vous à votre bureau !

Si matée qu'elle soit, Cécile a comme une vélléité de se cabrer, envie bien vite réprimée car la visiteuse crie de plus en plus fort.

— Asseyez-vous et écrivez. Emploi du temps. Deux points, à la ligne. Le matin chez le professeur Cournelois, 1 *bis*, quai aux Fleurs, cours pour les élèves-infirmières. De sept à dix !

— Me lever avant sept heures ?

Cosaille est impitoyable :

— P'faitement ! Ça vous fera un bien énorme ! Ça vous fera les pieds », comme dit mon zouave... Le mardi et le vendredi, de deux à six, œuvre du *Paquet du Diable Bleu* chez Mme de Fauquenouilles, 126, rue Saint-Guillaume...

— Voyons, Madame...

— Il n'y a pas de « Voyons, Madame... » Je n'admets aucun prétexte, aucune excuse ! Le fusil aux hommes, l'aiguille et le pistolet aux femmes, je ne sors pas de là... Qu'est-ce que je tenais à vous dire encore? Voilà : pour les autres après-midi de la semaine, je vous trouverai de l'embauche, comptez sur moi, les occupations ne manquent pas. Demain matin, on vous attend au cours, j'ai prévenu. Et, ajoute-t-elle, menaçante, si vous ne vous y présentez pas exactement et régulièrement, l'administrateur m'écrira et je viendrai vous faire lever. Je me sauve maintenant. On m'attend au Gros-Caillou et au dispensaire des galeux de la Villette... Travaillez, hein? C'est pour la France!

Cosaille se sauve en criant dans le couloir « On les aura! » Cécile n'en revient pas, cette visite tant inattendue, ce sans-gêne, cet argot, ces ordres!... Elle reste assise à son bureau en chemise et en pantalon et il lui faut un bon quart d'heure pour reprendre ses esprits et son peignoir. Elle a retenu ce nom : Fauquenouilles. La réputation de la Présidente du Paquet est venue jusqu'à elle. Elle l'apprécie à travers des souvenirs d'enfance.

— La vieille de Fauquenouilles! Comme j'étais loin de penser...

La baronne est promptement reprise par son idée fixe. Ne s'agit-il pas avant tout de faire revenir Georges?

— La mère de Fauquenouilles? Après tout, pourquoi pas? murmure-t-elle. Une procureuse de cet acabit connaît tout le monde. On peut rencontrer dans son salon des gens utiles. Au reste, qu'en coûterait-il d'y aller voir? L'humiliante, l'ahurissante visite de tout à l'heure a eu du bon. Quant au cours qui commence à sept heures!...

Non, vraiment, cette affreuse bonne femme a trop de toupet!

Un instant, la vision occupe Cécile de la mère Cosaille pénétrant à l'aube dans la chambre, arrachant les draps en criant : « On se grouille-grouille! ». Je suis tranquille, elle n'oserait jamais faire cela, par exemple! Pourtant, la baronne est vaguement inquiète. Elle appelle sa femme de chambre encore tout émue.

— Dites-moi, Mariette, vous avez vu cette femme...

La domestique joint ses mains noueuses à la hauteur de son nez.

— Si je l'ai vue!... Madame demande si je l'ai vue, bredouille Mariette qui a un récit à placer. Faut que je raconte à Madame. J'étais dans la cuisine en train de repriser une paire de bas, même que la cuisinière...

— ... Oui, ça va bien! Je voulais simplement

vous dire ceci : Repérez bien cette dame...

— Ah! Madame peut être tranquille, après ce qui s'est passé...

— Repérez-la bien et, à chaque coup de sonnette, servez-vous du judas et n'ouvrez plus jamais la porte à cette personne, même si elle insiste, si elle crie. Plus jamais, vous m'entendez!

IV

Le sénateur Loeuf est en mission aux Armées. Isidore Nubout flâne à Madère.

Dans ces conditions, la baronne s'est décidée à tâter du milieu Fauquenouilles. Avant de continuer sa liste de connaissances influentes, elle tente une apparition rue Saint-Guillaume. Sa toilette est discrète, mais réussie. Le chapeau Bag-Pipe convient au tailleur héliotrope, admirablement coupé, Cécile pense qu'elle va « jeter un jus », comme parlait feu son mari vers 1895. Petit espoir déçu. La présidente du Paquet la reçoit avec une joie à explosions, une vivacité aimable qui va jusqu'à deux baisers, mais, dans le salon encombré, une seule personne semble requérir l'attention. C'est un homme.

— Un bel homme, vraiment très bien! juge, malgré sa déconvenue, la baronne.

En sa jeunesse, pendant toute sa vie conjugale et depuis qu'elle est veuve, Cécile n'a guère eu que

pour Georges de Viargues un œil bienveillant.
Aussi la constatation n'en a-t-elle que plus de prix.
La baronne se renseigne auprès d'une dame mûre,
tassée tant bien que mal sur une chaise étroite et
qui dévore des yeux le superbe monsieur, comme
un enfant pauvre, une tarte inaccessible.

— C'est un Russe, dit-on, Madame... un Russe
très riche, très curieux, paraît-il. Il a été amené ici
par la jeune femme brune que vous voyez assise
à côté de lui...

— Oui, je vois, ce grand col Médicis, là, sous
le portrait, n'est-ce pas?

— C'est ça même!... La princesse Waïadiska. Tout à fait charmante!

Nullement gêné de sentir braqué sur lui une
vingtaine de regards féminins, Michel Kerzégov
conférencie. Il arbore la solennité d'un plénipo-
tentiaire venu, au nom du « Repas du Soldat »,
apporter ses félicitations au « Paquet du Diable
Bleu ». Il médite un projet grandiose, il rêve d'une
manière de vaste syndicat de toutes les œuvres
de guerre. C'est à peine s'il condescend à saluer
brièvement la baronne qui a pris place dans le
demi-cercle des auditrices.

— Je disais donc... Tout est laissé au hasard
des initiatives et il est bien surprenant que tant de

louables efforts ne se contrarient pas davantage !
On va porter remède à cette situation. La philan-
thropie aura son état-major où figurera, ayons-en
la certitude, la femme si dévoué dont l'hospitalité
me permet de préciser aujourd'hui quelques aper-
çus...

— Oh ! Monsieur !... glousse Mme de Fauquenouilles, éperdue de bonheur.

— Peut-être même, parviendra-t-on à une sorte
de consortium interallié qui, par d'adroites combinaisons financières, soutiendra les tentatives sym-
pathiques. Et, par un contrôle judicieux, exercé
avec tact, mais sévère, on traquerait vite les entre-
prises louches, les profiteurs, les voleurs qui, sous
couleur de bienfaisance ne cherchent, en réalité,
qu'à mettre de l'argent dans leurs poches.

La bonne hôtesse donne le signal des applaudissements et chacun bat des mains, avec enthousiasme, ardeur sincère chez ces dames, feinte par le
vieux comte de Perquemenon qui sent que sa phrase
des deux fleuves mythologiques n'a plus de chances
de succès. On se croirait au théâtre. Par son complet de tweed bourru, son visage glabre, ses cheveux aérés, rejetés en arrière, ses yeux fascinateurs,
Michel Kerzégov évoque parfaitement le jeune
premier, un de ces jeunes premiers cosmopolites

des temps pacifiques, un grand rôle que l'on imagine venu de Vienne à Paris non sans être passé
par Londres, pour s'y faire habiller, sinon blanchir.
Sa voix, jeune et chantante, manie habilement les
tirades, câline les mots, en escamotant ou en redoublant les *r*. Comme les autres, Cécile admire.

Elle n'est pas conquise comme les autres, toutefois. Elle se dit simplement que ce garçon doit
avoir des relations « magnifiques ». Il vient de
prouver en un tournemain qu'il se concilie toutes les
femmes et c'est une force, cela : toutes les femmes! Il est certain que quand il se charge de plaider une cause, il la soutient avec feu et persuasion.
S'il pouvait intriguer, trouver le moyen?...

Il faudrait parvenir à lui parler, d'abord. De la
méthode! Pour lui parler, il semble utile de recourir à la jeune femme brune, à cette jolie princesse
Waïadiska. Sera-ce possible? Peut-être est-elle
la maîtresse de Michel, monte-t-elle une garde
farouche autour de son ami? Tandis que deux
domestiques chenus et résignés font circuler des
tasses où dort une eau tiède et teintée de brun, la
baronne cherche, rumine :

— On obtient beaucoup de choses par ces
étrangers. N'est-ce pas par un secrétaire de l'ambassade d'Italie que le mari de la petite... Mon

Dieu! comment s'appelle-t-elle donc?... enfin, quoi! que le mari de la petite Machin s'est fait verser dans l'aviation comme ouvrier en bois. Ouvrier en bois! C'est sans doute parce qu'il était très fort au puzzle, au temps où l'on y jouait...

Tout à coup, Cécile tressaille. Une voix a murmuré derrière elle :

— Voudriez-vous avoir l'amabilité de me présenter à la baronne Michereau?...

Souriante, un bras glissé sans façon sous le bras de Madame Fauquenouilles, Maroussia Waïadiska se penche avec le plus tentateur de sa riche collection de sourires.

— Mais certainement! La princesse Waïadiska, la baronne Michereau.

— Enchantée, princesse...

— Non, non, c'est moi qui suis ravie! Par quel enchaînement stupide de circonstances, ne vous ai-je pas serré la main plus tôt? Mon père, l'ataman, qui venait souvent, souvent à Paris me parlait toujours du baron... Et, quand le baron s'est marié, si vous aviez entendu l'éloge qu'il me fit de la délicieuse baronne. Je vois que tous les compliments sont encore au-dessous de la réalité.

Cécile est un peu étourdie. L'occasion qu'elle cherchait vient à elle, si somptueusement parée!

— Vous êtes vraiment trop aimable et trop indulgente.

— C'est vous qui êtes trop modeste. Réellement, vous n'avez jamais entendu rien dire de l'amitié du baron et de Papa?

Cécile juge opportun de mentir et de feindre une courte méditation.

— Attendez! Je crois me rappeler, en effet... Mon mari a dû m'amener un jour...

— Vous voyez, fait Maroussia triomphante. Comme on se retrouve à Paris! Voulez-vous que nous fassions plus ample connaissance?

La baronne affirme qu'elle ne demande pas mieux. Mme de Fauquenouilles a disparu. Les jeunes femmes cheminent vers l'embrasure d'une fenêtre, à l'écart. Maroussia chuchote :

— Quel milieu, ici! Quelle foire! Ah! si ce n'était pas la guerre! Si l'on ne sentait pas peser sur soi comme une obligation... impérieuse de se dévouer, de travailler pour tant de braves gens!... J'espère pourtant que nous nous rencontrerons ailleurs que dans ce...

Elle ne trouve pas de mot et allonge une lippe de dégoût.

— Venez donc demain vers les quatre heures boire un doigt de porto. Nous pourrons causer. Je suis très lasse tous ces temps-ci et, malgré mon bon vouloir, je dois négliger l'hôpital... Vous dites? Oh! ne craignez rien, vous ne trouverez que moi, ma chatte et les bibelots que ma chatte n'a pas encore cassés!

Avec des mines d'inquisiteurs, les domestiques font la chasse aux soucoupes et aux petites cuillers. On emporte les tables à thé. Sophie et Valentine, les nièces de la douairière de Mont-Vouzoie, se lèvent, claironnent solennellement qu'elles vont au salut. De vieilles dames, sèches ou trop grasses, approuvent du chef. Comme la princesse fait tache de charme au milieu de cette grisaille! Cécile pense qu'elle pourrait être non seulement une relation utile mais encore une amie. Cécile, tentée, répète : « Demain. »

— Oui, demain, 49, rue Galilée, à l'entresol... Oh! un petit abri bien modeste!

La Slave soupire :

— Je suis éprouvée depuis la guerre, songez donc! Nos terres de Russie ne sont plus cultivées! Papa n'appartient qu'à ses soldats, il se moque du reste, il néglige ses domaines, ceux que je tiens de ma pauvre maman et nos revenus s'en ressentent... Enfin, déclare-t-elle d'un ton moins morose, il me reste de bon porto tout de même. Et puis, sotte que je suis, vous ne viendrez pas pour le porto! Vous viendrez pour Maroussia!

Dans la petite main qui se tend, Cécile met franchement sa main :

— Oui, je viendrai pour Maroussia.

Elles vont s'embrasser? Mais non. La Présidente rentre en scène et glapit, frappant dans ses mains, telle une maîtresse d'école annonçant que la récréation est terminée :

— Tout le monde aux colis!... Comment? Ces demoiselles de Mont-Vouzoie sont à l'église! C'est très bien... quoique!... Les tranchées avant tout! Princesse...

— Madame?

— Mes couteaux à cure-pipes? Tenez, je parie qu'elle n'y a pas pensé!

— Vous perdriez. J'aurai l'adresse après-demain.

Mme de Fauquenouilles tire des lunettes à la Chardin, les chausse, et se fourrant sous le nez un papier-memento :

— Parfait! Maintenant, Mesdames, un avertissement. Plus d'allumettes dans les paquets! Même pas de celles qui ne partent que sur la boîte. Des briquets et à amadou! Autre chose : plus de chocolat! Nos braves chass'pattes protestent. Ils en ont jusque là du chocolat! Du saucisson!...

Une délicate se couvre le visage des mains et psalmodie :

— Seigneur! Nous allons nous parfumer à l'ail!

— On trouve du saucisson sans ail, je vous assure, Madame... Enfin, voilà : ils demandent du saucisson, du jambonneau genre Reims, vous savez, avec de la chapelure. C'est si bon! Et du camembert! Pour le camembert, irréalisable! Il y a aussi des lurons qui réclament de l'alcool. On tâchera d'en glisser de petites fioles dans les passe-montagne. L'important, c'est de trouver, avec le saucisson, une charcuterie qui supporte le trajet et la stagnation dans les gares...

La petite des Urettes, nièce d'un grand chocolatier, faisait à l'œuvre d'abondantes générosités gratuites. Elle proteste :

— Quoi! Plus de chocolat! Pourtant, le cacao et le sucre c'est l'aliment complet.

Loin d'elle, une pimbèche insinue que l'oncle, grand chocolatier, mêle au cacao et au sucre quarante pour cent de haricots pulvérisés : « C'est ce qui dégoûte ces pauvres hommes, ils retrouvent les fayots! » Deux sentimentales se confient qu'il est bien dommage que le beau Michel Kerzégov n'ait pas fait plus longue visite. Cécile écoute distraitement. Elle est comme un peu ivre. « Je suis en pleine action, se dit-elle. Demain, chez la princesse, sollicitant son appui. Après-demain, ailleurs, si la princesse n'est pas capable de m'être utile. Je finirai bien par *le* faire revenir ! »

Elle n'apporte pas grand zèle à rouler les chaussettes qui réjouiront les militaires au béret. Ah ! s'il s'agissait des cavaliers ! Georges est cavalier, et bien qu'il soit provisoirement dans l'infanterie, quel chic il doit garder ! De belles bottes au cuir brut et fauve — pourvu qu'on lui ait laissé ses éperons ! — une vareuse qui lui caresse la taille, un bonnet de police, crânement placé de travers et laissant s'échapper, s'enrouler quelques mèches blondes...

— Je saurai comment il va demain matin. Je n'ai pas eu de pneu aujourd'hui, mais demain, sûrement...

Le silence règne, favorise la méditation. On n'entend que le cliquetis des ciseaux, le crissement des emballages froissés et le grincement d'une plume que fait galoper sur le papier la secrétaire de l'œuvre, une longue dame aux hanches basses, au profil chevalin. Maniant un crayon, l'air inspiré, Mme de Fauquenouilles précipite des chiffres

sur un calepin, biffe avec rage, additionne, multiplie, se trompe, biffe encore et recommence.

... Un incident. Le vieux comte de Perquemenon qui avait sournoisement embusqué sa tasse de
thé derrière une pile de savonnettes, vient de ren-
verser la pile et d'inonder son pantalon. Mme de
Fauquenouilles lâche précipitamment sa décevante
arithmétique, bondit sur une serviette destinée à
un caporal-mitrailleur. Elle écarte les curieuses et,
agenouillée, frotte avec ardeur les jambes du polygraphe. Le comte rit d'un rire suraigu de bébé
qu'on chatouille. La scène a quelque chose de
péniblement équivoque. Cécile cherche des yeux la
princesse. Maroussia doit sourire bien certainement. Maroussia ne bronche pas. Elle marque un
mépris discret :

— Décidément, s'avoue la baronne, décidément, c'est une femme bien!

V

— Rien, Mariette, toujours rien? C'est inconcevable!

Cécile, assise en tailleur dans son lit, les cheveux sur les yeux, interroge encore.

— Rien, Madame.

— Oh! ce pneumatique!... Je n'ai pas dormi, je n'ai pas fermé l'œil!...

Le bulletin par quoi Thérèse, la femme de chambre de Jeanne de Viargues, renseigne clandestinement et à peu près chaque jour la baronne, n'est pas venu depuis quarante-huit heures.

— On a sonné! Allez vite voir, Mariette, allez vite!

La femme de chambre quitte la pièce en courant et revient presque aussitôt.

— C'est de chez le bottier, Madame, on envoie pour une paire de petits souliers...

— Je n'ai pas la tête à m'occuper de ça ! Renvoyez, renvoyez, dites que je passerai...

Et la baronne, travaillée par le tourment, secoue sa crinière dorée. Elle n'a pas eu le courage d'aller tremper ses lèvres dans le porto de la princesse, la veille. A quoi bon amorcer des démarches. S'il était blessé, s'il était malade, s'il était...

— Mariette, encore une fois !... On a sonné, je me demande si vous êtes sourde !

C'est le pneumatique, pour le coup ! Cécile tend les deux mains.

— Donnez, donnez vite !

Les marges du papier bleu sont fiévreusement déchirées.

— Comme elle en a mis long, c'est sûrement un malheur !

... *Par un retard du courrier*, écrit Thérèse, *nous sommes été sans nouvelles toute la journée d'hier encore nous en ressevons maintenant qui disent que Monsieur va bien mais que Monsieur va passé comme observateur dans l'aviation parce que on la proposé pour ça et que lui du reste ne s'y oppose pas Madame est dans tous ces états.*

— Dans l'aviation, gémit Cécile, où en étais-je ?

... dans tous ces états vu le danger enfin que

*Madame la baronne ne s'inquiète pas ce n'est pas
encore fait que dit Madame.*

— Dans l'aviation...

Cécile laisse tomber le papier, enfouit sa tête
dans l'oreiller et pleure, pleure... Mariette balbutie
des mots consolants, vagues; on ne lui répond pas.
Elle prend le parti de s'en aller tout doucement.
Les sanglots s'apaisent, l'orage se calme. L'espoir
reprend la baronne. Après tout ce n'est qu'un projet, ce passage à l'aviation. Elle reprend pour son
compte la formule optimiste de Jeanne, transcrite
par Thérèse : Ce n'est pas encore fait! En
somme, rien de changé. Il se porte bien, c'est l'essentiel.

— N'empêche qu'il faut agir et agir tout de
suite! Et moi qui ne suis pas allée chez la princesse, hier, qui ne me suis pas excusée. Quelle
maladresse!...

En chemise, pieds nus, Cécile court à l'annuaire
des téléphones, ouvre le gros bouquin vert sur la
courtepointe, cherche dans les doubles V. Pas de
Waïadiska, pas de princesse. Aux rues maintenant.
Oui, l'immeuble a un poste.

— Allô, Mademoiselle, Wagram dix... oui
deux fois cinq... dix soixante-trois.

Une voix dolente et enchifrenée se fait entendre, questionne. « La princesse est là. On lui passe la communication. Ne quittez pas. » Et, une minute après, le timbre de Maroussia chante. Il chante moins agréablement qu'aux *Paquets du Diable bleu.* La déception de la veille est trahie par des intonations sèches.

—- La baronne Michereau? Je ne savais plus quoi penser! Pourquoi n'être pas venue?

— Oh! je vous fais toutes mes excuses. Si vous saviez quels ennuis!...

L'accent de la princesse change, s'attendrit :

— Des ennuis? C'est différent! Puis-je vous demander lesquels?

Il faut inventer. Dans son désarroi, sa hâte, Cécile n'a pas pensé à choisir un mensonge. Elle prend le premier venu.

— Appelée auprès d'une vieille cousine que j'aime beaucoup, qui était très souffrante!... Il m'a été absolument impossible de vous prévenir. Croyez que si j'en avais eu la faculté...

— Je vous en prie, qu'il ne soit plus question de cela! Parlez-moi de votre malade. Comment se porte-t-elle ce matin?

— Mieux, beaucoup mieux! Ce n'était heureusement qu'une crise.

— Alors ?... Cet après-midi, disposerez-vous d'un instant ?

— Mais oui. J'aurai tout mon temps à moi, à vous si vous le voulez.

— Eh bien, venez de bonne heure ; à tantôt, chère Madame.

La baronne va se confondre en remerciements... La fiche est enlevée. Cécile rajuste une épaulette qui a glissé dans le feu de la conversation, et, rassérénée, revient à son lit.

... Ce n'est plus le logis montmartrois de la Waïadiska de naguère. Où sont les portraits-pastels, crayons, pointes-sèches, photos — de femmes alanguies ou provocantes aux costumes tant écourtés par en bas ou par en haut, les images aux dédicaces plus lyriques que respectueuses ? Quels antiquaires ont recueilli les ivoires obscènes, les bois où la nacre s'incruste en dessins libertins, les pipes à opium, les licencieux albums japonais offerts par une clientèle discrète et suivie d'officiers de marine ? Rue Galilée, tout est sévérité. Les meubles ont l'air de s'ennuyer. Le sévère « Marte in risposo » a l'air furieux d'être aussi mal reproduit, le piano est houssé et l'on ne voit plus aux murs ni « J'ai perdu ma rose » ni « Si le jeu vous plaît ». Le dix-huitième est banni, comme est exilé l'Extrême-Orient. Seules, une copie maladroite de Troyon et une gouache brutale font taches de couleurs sur l'étoffe sombre.

La baronne attend dans le salon. Routouki, la chatte siamoise, pousse de la tête une porte entrebâillée, flaire la visiteuse, bondit sur une console, et, dédaigneuse, fait sa toilette. Enfin, Maroussia vient, la main tendue. La dame du logis, pour marquer le caractère d'intimité de la réception est en peignoir, un peignoir à manches longues, mi-sérieux, mi-frivole que l'attention peut rendre hermétique, qu'une distraction ouvrirait sur une chemise à badinages.

— Que je vous demande avant tout des nouvelles de votre cousine?

— Elle se porte mieux, maintenant, je vous remercie. Une crise d'urémie...

— Oh! d'urémie! Je comprends votre inquiétude!... Quel âge, la malade?

Quel âge pourrait-on donner à cette parente fictive. Va pour soixante ans...

— Soixante ans. Est-ce la première crise? Non. En ce cas, c'est dangereux!

La princesse a pris une mine de bourgeoise bien sage. Elle trouve le moyen de glisser par une transition adroite de la médecine aux caprices de la mode. Les jupes vont être raccourcies, croyez-vous!... Cécile attend le moyen de ménager une entrée habile au cas de Georges, à la démarche qu'elle veut tenter. Soudain, Maroussia prête l'oreille :

— Comment? On sonne!... Oh! cela n'a pas d'importance, j'ai bien répété que je n'y étais pour personne. Sauf pour vous, cela va de soi, et pour Michel (Michel que vous avez vu chez la mère de Fauquenouilles). Il doit m'apporter des nouvelles de Russie. Je crois que c'est lui!

C'est Michel. Il est en jaquette, une jaquette qui s'ajuste aux reins, élargit les épaules. Il a les cheveux plus drus et bouclés, les yeux plus brillants et profonds que jamais.

— Chère amie, vous êtes en bonne santé?... Madame.

— Oh! fait Maroussia, vous ne connaissez pas la baronne comme elle mérite de l'être. Il y avait un tel brouhaha, chez cette pauvre Fauquenouilles avant-hier! Mais que je vous demande bien, bien vite Michel? Quelles nouvelles de chez nous?

— Excellentes.

Michel s'assied. Il répète en dégantant sa main gauche :

— Excellentes ! Parlons d'abord, n'est-ce pas, des nouvelles privées. Le papa de Maroussia se porte comme un charme. Il a cerné et capturé avec ses cosaques une batterie autrichienne. Soixante-trois prisonniers... et les canons ! Et il a reçu une lettre de félicitations, lettre autographe du tsar !...

La baronne s'incline. La princesse bat des mains :

— Ah ! bravo, bravo ! Ce papa ! Quel papa !

— Au point de vue général, poursuit Kerzégov en appuyant sur les mots, la situation est décidément meilleure. On intensifie la production de l'artillerie, et celle des munitions qui marche de pair. Les services sanitaires ont beaucoup gagné. La grande Russie aura d'ici quelques mois la plus belle armée du monde. Et dire qu'il se trouve des imbéciles qui prédisent une seconde campagne d'hiver ! Avant septembre, nous aurons passé les Karpathes et avalé Buda-Pesth ! Et, après !...

Un geste large qui semble dérouler un étendard complète la phrase. Cécile est impressionnée.

— Mais, si je ne suis pas indiscrète, Monsieur... Comment pouvez-vous avoir ainsi des nouvelles de chez vous ? Des lettres, des amis ?...

— Des lettres, Madame, répond Michel. Des lettres que des amis à moi qui sont à Pétrograd et en relations avec le Grand Quartier Général russe glissent dans la valise diplomatique.

— Vous comprenez, jette la princesse, Michel a ses grandes entrées à l'ambassade, ici. Et ses petites aussi qui valent parfois mieux que les grandes !...

La baronne opine du chapeau. Le Russe confie en se caressant les cheveux :

— Et, ce n'est pas pour me vanter ! Mais j'ai beaucoup obtenu pour les Français par l'intermédiaire des représentants de mon pays. L'amitié chez nous, vous savez, c'est quelque chose qui fait que l'on insiste, que l'on s'accroche... Vous autres, latins, vous semblez avoir perdu la tradition de la *gens* romaine. Les Slaves l'ont recueillie, ils la continuent !... Sincèrement, Maroussia ? Nous at-on refusé quelque chose quand nous nous sommes mis en tête de faire aboutir une démarche ?

L'interpellée qui vient de saisir Routouki par la peau du dos, lance, triomphante :

— Jusqu'ici, je ne vois pas que nous ayons échoué une seule fois !

— A votre disposition, Madame, conclut Kerzégov, quand vous aurez quelqu'un à recommander...

Voici l'occasion. Cécile a préparé son boniment qu'elle débite tout d'une traite. La princesse qui verse le porto écoute en souriant et Kerzégov ne bronche pas.

— Donc, vous dites que votre amie est très inquiète, qu'elle voudrait absolument que son mari revînt?...

— C'est cela même! D'autant plus qu'il est question d'un passage dans l'aviation qu'elle redoute au plus haut point!

— Le mari est-il consentant à... passez-moi le verbe... à ce qu'on l'embusque?

— Oh! cela!... il ne voudrait pas! Il faudrait l'y contraindre! Enfin, je vous ai dit sa situation militaire? Est-il possible de réussir?

Le visage de Michel se contracte en une belle grimace d'optimisme :

— Cela se peut. Je vous mentirais si je vous assurais que cela se fera tout, tout seul. Il y aura du tirage. Mais, en un mois, six semaines au plus, on enlèvera l'affaire!

— Je suis d'un sans-gêne! Je vais vous causer sans doute de gros tracas...

— Ne vous préoccupez pas! C'est une toute

petite chose pour moi!... Voulez-vous me mettre le nom, avec tous les renseignements, sur un papier?

— Laissez-lui d'abord le temps de boire son porto!... Pas trop mauvais, n'est-ce pas?... Mettez-vous là!

La princesse installe son amie devant une table, tend un bloc-notes, un crayon et Cécile griffonne:

— Je n'oublie rien? Non, c'est bien tout! Voici, Monsieur, mon amie sera si contente...

On parle d'autre chose mais la causerie revient toujours à la guerre. Michel avoue que ses occupations ne lui suffisent pas. Il s'ennuie. Il se demande s'il emploie réellement à servir la cause des alliés toute l'énergie dont il est capable.

— Je comprends le mari de votre amie, Madame. Il ne quitterait les armées qu'à contre-cœur. Quant à moi, j'ai des luttes de conscience, ah! je l'avoue! Je me reproche souvent de n'être pas au feu, je regrette de ne pas tenir, épauler un fusil!...

Il esquisse la mimique du tireur. La princesse a un haut-le-corps.

— Vous devenez fou, très cher? Que racontez-vous là? Et vos œuvres!

— Mes œuvres, mes œuvres... Travail de

femme! Et puis, elles seront bientôt au point et n'auront plus besoin de moi.

— Vous en créerez d'autres! décide Maroussia avec fougue. Que seriez-vous aux tranchées? Un soldat, un numéro, toutes vos initiatives seraient jugulées. Il faut garder votre indépendance, vos coudées franches! On a besoin d'hommes tels que vous! Et je suis certaine que la baronne partage ma manière de voir!

Cécile brode sur le même thème. Puis, elle se lève pour prendre congé.

— Vous avez mon adresse, je crois, fait-elle à sa nouvelle amie. Je n'ai plus de jour depuis la guerre... Comme j'aime à croire que nous nous téléphonerons souvent, nous conviendrons d'un après-midi.

La princesse approuve. Kerzégov s'est levé lui aussi :

— Avez-vous votre auto, Madame?

— Non, dit Cécile. Je prendrai le premier taxi venu.

— Je ne veux pas. J'ai ma voiture en bas. Je vais vous reconduire.

Cécile hésite. Maroussia sourit sans contrainte:

— Acceptez l'offre de Michel. On est si secouée dans ces affreux taxis! Et ces conducteurs qu'ils ont maintenant, des gens qui ont appris au Bois, en quatre ou cinq leçons, il est bon de se méfier !

« Elle me donne ce conseil, elle n'est pas sa maîtresse », pense la baronne qui n'est pas sans être choquée de cette proposition désinvolte, ni sans éprouver une sorte de crainte vague. En auto, seule avec cet homme? Mais, faut-il risquer de le désobliger?

— Je vous remercie de votre visite et nous causerons par le fil demain matin.

Les adieux sont tendres. La porte se referme. Michel demande dans l'escalier :

— Où voulez-vous que je vous... dépose, comme vous dites à Paris, Madame. Déposer... pouh! Ce n'est pas un verbe très plaisant !

Cécile en convient et demande à rentrer chez elle : 18, rue de Médicis.

Kerzégov n'ajoute rien. Il marche vers l'auto, ouvre la portière, invite de la main la baronne à s'asseoir. Puis, quand Cécile est bien installée, enfoncée dans les coussins bleus, son sac sur les genoux, que le chauffeur est à son volant, d'une voix timbrée, insolente, il décrète :

— 112, avenue Charles-Floquet.

— Pardon, Monsieur... L'adresse que vous avez donnée?

Michel paraît tout surpris de la question posée. Il répond :

— Avenue Charles-Floquet? C'est la mienne. Oh! vous verrez. Un petit appartement de garçon, petit mais gentil.

Et galamment, avec un sourire décidé, il ajoute :

— Je vous enlève.

La baronne est incrédule. Cependant, les yeux du beau garçon luisent si étrangement qu'un malaise réel commence d'envahir la jeune femme.

— C'est... c'est une plaisanterie, balbutie-t-elle.

Le regard brille davantage. Michel prend et porte à ses lèvres les mains qui se crispaient sur le sac.

Pourquoi serait-ce une plaisanterie? Je vous déplais donc tant que cela?

Cécile ne répond pas. Elle a la gorge serrée, elle a peur et une faiblesse la gagne, une faiblesse angoissante — et délicieuse, par instants. Elle se sent dominée, fascinée. Elle a envie de protester, de crier. Elle ne proteste pas. Elle ne crie pas. Kerzégov a passé très doucement son bras sous le sien. Et, il serre sa jolie proie entre son corps robuste et le capiton.

— Monsieur!... mais que faites-vous...? Je vous en prie... Monsieur!

Ces mots sont articulés faiblement, si faiblement!

— Cécile... Je vous aime.

Les yeux de Michel pénètrent les yeux effarés. Le souvenir de Cécile appelle le secours de Georges. Mais Georges est si loin et cet homme, si près...

— Où sommes-nous?

Michel a baissé les stores prestement, avec une adresse admirable. Cécile sent une haleine sur sa joue. Elle ne résiste plus. Si, pourtant quand une bouche frôle la sienne. Elle serre les lèvres. Le combat n'est pas long. Le baiser, subi d'abord, est

accepté, accepté avec un long soupir de résignation ou de reconnaissance — et rendu.

... Comment a-t-elle consenti à suivre cet
inconnu dans cet appartement, dans cette chambre, une chambre étroite, sombre et sobre, au lit
bas, où entête une odeur persistante de vetyver?
Cécile ne sait pas. Ce dont elle se rend compte,
bien qu'elle soit étourdie, comme annihilée, c'est
qu'assise sur le lit, elle garde son chapeau, ses
gants, son petit sac. Et que le Russe, montrant
une dextérité qu'envierait n'importe quelle femme,
lui enlève sa jupe, ses bottes hautes, ses jarretelles,
ses bas et même un linge plus intimement protec-
teur.

Voici la baronne, très correctement habillée de
la tête à la ceinture — et les jambes nues. Les yeux
ensorceleurs ayant depuis un moment quitté ses
yeux, elle reprend peu à peu possesssion d'elle-
même.

— Monsieur!... Je me demande si vous n'êtes
pas fou... je vous prie de...

Le regard reprend son impérieuse tendresse. La
voix de Michel murmure quelques mots et, défi-
nitivement domptée, honteuse, docile, la baronne
jette son sac, libère ses mains, ouvre et quitte son
corsage, presse sur le corset qui roule sur le tapis...

— C'est moi qui me suis prêtée à cela, qui ai laissé faire cela, moi?

Rentrée chez elle — à onze heures du soir — la baronne se dévêt seule et, couverte d'un peignoir, prostrée sur sa chaise-longue, les joues dans les mains, elle médite. Ou plutôt elle ne cesse de s'interroger, de se demander pourquoi, comment elle a pu céder ainsi, quelle force, quelle autorité a ce diable d'homme pour l'avoir aussi vite, aussi aisément envoûtée, enlacée, emmenée, délacée, conquise?

Elle proteste de toute sa fierté, de toute son éducation qui fût sévère. Mais une voix insidieuse que la baronne n'a jamais entendue la harcèle : « Il est bien tard pour protester! N'es-tu pas libre? N'es-tu pas femme?... Cécile malgré le bricolait ma divorcée. Après, c'étaient des raconun indicible bien-être, une lassitude saine. Le baron Michereau, lorsqu'elle l'épousa, était déjà fort avant dans la carrière amoureuse. Michel est jeune, ardent et le crépuscule et la nuit viennent d'apprendre à la veuve qu'elle ignorait beaucoup encore.

Quel être ce Kerzégov! Quelle mélange de brutalités et d'infinies délicatesses. Un souvenir dont elle rougit passe, furtif; Cécile se sourit à elle-même dans ce miroir penché, son confident favori. Elle s'étire. Soudain, la honte la reprend. Des souvenirs de lectures édifiantes l'assaillent. Elle se rappelle des mots avec lesquels, au théâtre, un époux outragé fouaillait une adultère, éperdue, implorant son pardon :

— Comme une fille! Je me suis conduite comme une fille!

Et cela par la faute de ce Georges, de ce Georges qu'elle veut sauver, aimer.

— C'est à cause de lui, c'est pour lui!

Dans un tiroir, elle cherche fiévreusement une photographie et, en cherchant une image en retrouve d'autres : une Cécile Deroy, en première communiante, agenouillée sur un prie-Dieu, les yeux baissés sur un missel. Une autre Cécile, une Cécilette de huit mois, toute nue sur un coussin — ah! pas plus nue que tout à l'heure!... Le groupe qu'elle veut voir lui passe enfin sous les doigts. Il assemble, sur un *court*, vêtues de blanc, la Cécile jeune fille et cette Sainte-Nitouche de Jeanne qui ratait toutes les balles, « servait » si mal, se trompait invariablement en dénombrant les jeux, mais qui savait si bien enjôler. Entre ses partenaires, en chemise de soie et pantalon de flanelle, sa raquette nonchalamment placée entre la paume d'une main et la hanche, George se dresse, crâne. La baronne fond en larmes. Il lui semble qu'elle l'aime davantage, le désire plus ardemment depuis qu'elle sait quelles joies l'amour peut donner.

— Ce Michel! Oh! ce Michel! Est-ce que je pourrai jamais l'exécrer assez!...

Quelle fatuité il a montrée! Elle le revoit à la minute où, le sens du convenable remontant peu à peu jusqu'au niveau de sa conscience, elle a décidé de se rhabiller, de rentrer chez elle avant minuit pour que les domestiques ne soupçonnassent rien, afin qu'elle pût négligemment, tout en gardant bien l'attitude d'une femme qui n'a pas de comptes à rendre, alléguer devant Mariette un dîner en ville, suivi d'une soirée au théâtre. Lui, bavardait, amusait ses doigts longs au trophée suprême, la chemise de sa maîtresse, en fumant une cigarette odorante, en balançant au bout de son pied étroit et nerveux une sandale de cuir fauve. Cela, sans la moindre vergogne. Et, presque tout haut, Cécile songe :

— Il avait l'air de trouver la chose la plus

naturelle du monde... Eh! allez donc! Ce n'est pas plus malin que ça! Voilà comment on les a, les femmes!

Et n'a-t-il pas eu l'audace de lui dire qu'il l'attendrait le surlendemain, chez lui, à quatre heures! Et, cela, il l'a lancé en ayant l'attitude, l'accent, moins de formuler une invitation que de donner un ordre. La baronne ricane :

— Comment donc, cher monsieur!... Trop heureuse de vous avoir plu!

Ce bellâtre, au reste, est stupide, gobeur. Il a parfaitement digéré le mensonge de la baronne. Il est persuadé qu'en faisant revenir Georges à Paris, il obligera une amie de Cécile. Il ne lui vient pas à l'idée qu'il se suscite un rival. C'est d'un air sincère qu'il a promis, avant que s'en aille la maîtresse d'un soir, de s'occuper de la mutation. Cécile savoure comme une revanche. Elle sera vengée. Un gros point noir à l'horizon : si elle ne retourne pas chez Michel, il cessera de s'entremettre pour Georges. Que faire? Bah! elle se « fera porter malade », rusera, gagnera du temps. On ne la prendra pas deux fois au même piège. Elle saura résister...

Cécile bâille. « Comme je suis fatiguée! Réellement fatiguée! » Et il s'agira demain matin de subtiliser ces témoins muets, cette chemise qu'un dîner en ville, une soirée au théâtre ne parviennent pas à froisser de la sorte! Et ces bas arrachés, déchirés!... A demain, l'examen de tout cela. Le sommeil assied la jolie veuve, la couche, la vainc. Tandis que Mariette, tricotant pour son neveu qui est en Alsace, confie à la cuisinière :

— Il fallait que ça se produise un jour ou l'autre. J'attendais ça! J'ai bien vu le coup chez mon ancienne patronne, une divorcée. On commence par l'après-midi, puis c'est le théâtre, puis c'est le souper. Ensuite, on trouve un prétexte à découcher... Après, on découche sans donner de raisons à la femme de chambre. Et on finit par prendre Mariette pour confidente. Si bien que vous m'en croirez si vous voulez, Séraphine! Les premiers temps, j'étais curieuse de savoir ce que bricolait ma divorcée. Après, c'étaient des racontars pendant des heures et j' t'en dis et j' t'en dis, des petites brouilles, des jalousies!... Ah! misère de malheur! une bonne demi-douzaine de lardons à toutes ces créatures qui n'ont rien à faire.

VII

— Eh bien?... Et ce voyage au front?

Le sénateur Lœuf, revenu à son bureau, boutonne avec délices son vieux veston d'intérieur, et regarde, comme s'il ne l'avait pas vu depuis dix ans, son secrétaire de toujours, le père Couchard, aussi ventru et aussi laid que lui.

— Mon voyage au front? Ah! mon vieux... abruti! je suis abruti! Tu ne t'imagines pas! Des courses en auto, des mangeailles pantagruéliques sous les toits de carton des baraques... Des présentations d'officiers. On te suggère quarante projets par jour... qu'est-ce que je dis?... par heure! du champagne, des liqueurs, tu entends le canon, Tu réponds : « Oui, oui, intéressant! » Et tu bois du champagne, des liqueurs, tu entends le canon, le téléphone, sans arrêt. Tu es bombardé par avions, tu ne dors pas. Tu repars en auto. Et ça recommence!

— Tu auras besoin de te mettre aux nouilles et à l'eau de Vichy. Et, pour en finir, tu n'as rien vu, en somme?

— Rien, mon vieux!

— Et ton rapport?

— On va me le faire.

— Pas moi, toujours! Je ne suis pas à la page pour tous ces trucs de guerre, proteste le père Couchard, les mains en éventail. Tu sais que, sorti de l'adresse des ministères, des listes pour les palmes et le poireau, des bureaux de tabac, de notre besogne courante!...

Le sénateur se passe l'annulaire droit sur le sourcil gauche ainsi qu'il a coutume toutes les fois qu'il va narrer une « bonne histoire ».

— On me l'enverra. Figure-toi : Avant-hier, je sortais d'un débit avec des cartes postales et quelques cigares, lorsqu'on m'appelle... C'était un sergent, mal rasé, tout crotté, perdu dans une capote deux fois trop vaste pour lui... « Monsieur Lœuf! »... Je reconnais le fils de mon vieil ami... Dis-moi son nom, il m'échappe!

— On a tant de vieux amis après trente ans de politique!

Le père-conscrit fouille dans sa mémoire.

— Après tout, peu importe! Je cause avec un

sergent qui est je ne sais quoi, chef d'une bande de pontonniers ou de casseurs de cailloux quelconque. Je lui demande : « Tu connais le secteur? — Admirablement, qu'il me répond. J'y moisis depuis cinq mois — Alors, mon vieux, tu vas me rendre un service en te persuadant bien qu'avec le papa Lœuf, un service en vaut toujours un autre : « J'ai un rapport à faire. C'est toi qui vas me le torcher ». Je lui explique ce que je veux, *grosso modo* et, dans trois jours, mon père Coucouche, nous aurons ça, détaillé, précis! L'Etat-Major en sera comme deux sous de frites. Ils diront : « Ce vieux Lœuf, ça buvait, ça mangeait, ça n'éc utait pas, ça ne regardait rien et ça connaît le truc mieux que nous. » Tu parles si ça va le relever le prestige du parlementarisme!

Le père Coucouche marine dans l'admiration. « Tu te débrouilles », dit-il à peu près, car il emploie un autre verbe plus énergique. Lœuf jouit de l'effet qu'il a produit, frappe l'épaule de son collaborateur. Enfin, du ton qui signifie qu'il est temps de passer du plaisant au sévère :

— Et ici, au Luxembourg, à la boîte, quoi de neuf? demande-t-il.

— T'en fais pas, j'ai tout arrangé, tout mis à jour, regarde.

On compulse des dossiers, les numéros de l'*Officiel* hachés de crayon bleu, les lettres venues de l'arrondissement, annotées avec soin.

— Parfait!... D'ailleurs, tu sais, j'étais tranquille! Je te savais à Paris. Et les visites?

Le facies débonnaire de Couchard exprime un effroi de mélodrame :

— Parlons-en des visites! Toujours la même chose pour changer. Electeurs, raseurs, profiteurs, embusqueurs!... J'ai tort de dire toujours la même chose... Ces gens-là se font de plus en plus exigeants... Ces types qui voudraient « qu'on voie personnellement le ministre » et qui vous envoient sans s'épater des : « il faudrait que cela fût fait avant ce soir », à quatre heures de l'après-midi! Ah! mon vieux, qué métier! »...

Lœuf, imperturbable, armé d'un coupe-papier, crible de trous un buvard sans taches.

— C'est le régime qui veut ça. Il y a eu trop de complaisances, trop de surenchère, alors, dame!... Et les femmes? Quels jupons as-tu vus?

— Ça, c'est toujours drôle!

Couchard cligne ses petits yeux et, ses sourcils en désordre, le cuir jaune de son front, exécutent une gymnastique désordonnée.

— Tu ne m'as pas... secondé pour cela comme pour le reste, au moins, satyre?

— Je ne suis pas comme toi, j'ai dételé. Voilà: il est venu la grande Mousseron.

— Celle des Français?... Aïe, aïe, aïe! Je te plains.

— Quelle pâte à rasoir! Pour quelques minutes de bonheur qu'elle t'a données sous le règne de Sadi-Carnot, elle nous en offre des séances! Elle m'a tenu le tib.a pendant cinq quarts d'heure avec des ragots, des horreurs sur ses camarades, des histoires de sociétariat, de part entière, de demi-douzièmes, de répertoire, d'administrateur, d'injustices. « Hé, madame, ai-je fini par lui crier, assez, assez, tout cela n'a aucune espèce d'importance pour le moment. Nous en causerons après la guerre! La guerre, la guerre! a-t-elle eu le toupet de me répondre — oui, mon cher — ça n'existe pas la guerre!

Le sénateur cogne le tapis d'une botte irritée :

— Non? Ce n'est pas croyable! Elle a dit ça?

— Il est venu aussi la petite... la petite qu'on appelait Rara. La grosse blonde qui accompagnait toujours ce sous-préfet basque... Tu ne vois pas de qui je veux parler?

— Si... Qu'est-ce qu'elle voulait encore celle-là?

— Sais pas. Elle non plus, assurément. Elle n'a rien demandé. Je crois qu'elle était un peu saoule. Elle m'a tiré la moustache, elle a dansé le tango avec le buste de Démosthène et chipé un bouquin dans ta bibliothèque.

— Hein?... Ça, par exemple, c'est roide! Tu l'as laissé faire!

— Peuh! Un machin pas coupé, pas dédicacé : *Le rachat des chemins de fer contre l'expansion commerciale*. Elle souffre d'insomnies, bien sûr!

En homme qui en a entendu d'autres, le sénateur ne commente pas.

— C'est tout, comme beau sexe?

— Attends!... Une cantatrice, de l'Opéra-Comique, qu'elle dit, et qui a un accent allemand, tel qu'on n'en trouve fichtrement pas le semblable dans les camps de concentration. Elle tient à chanter des chansons patriotiques dans les villages reconquis de l'Alsace... Non! les projets qu'on peut vous sortir!... J'allais oublier... très important! Deux sœurs, les filles d'un boucher d'un de tes chefs-lieux de canton, deux oies que des chauffards militaires ont séduites, non sans leur monter des bateaux, et qui ont rappliqué chez toi. Elles demandaient un coup de main pour leur engagement aux Folies-Bergère.

On ne plaisante jamais avec l'électeur. Fronçant le sourcil, Lœuf s'informe :

— Qu'as-tu fait?

— Moi? J'ai écrit aux parents, en leur donnant l'adresse de l'hôtel où étaient descendues les petites. Le père est venu les chercher et, avant de repartir, il m'a fait visite. Pas autrement ému, cet homme! « Que voulez-vous? m'a-t-il confié. L'âge les tourmente. Elles ont fauté, c'est la nature! Mais je les rentre à la maison à grands coups de sabot dans le derrière et je vais chercher à les marier... En vous remerciant... » Intéressant, tu sais! Un conseiller municipal, un délégué.

Le sénateur se redresse, et d'un ton de tribune:

— Tu es un type épatant, Coucouche!... Voilà que tu ramènes la brebis égarée... Mais pour résumer, aucune visite féminine intéressante?

Couchard se récrie :

— Laisse-moi finir!... On garde toujours le meilleur pour le dessert. Il est venu une petite dame soi-soi, blonde, menue, bien habillée, un parfum discret, un chic...

— Tiens, tiens! Que me voulait-elle, qu'est-ce qu'elle t'a raconté?

— Elle a refusé d'être reçue par moi. Elle

désirait « voir M. le sénateur Lœuf, personnellement ». Elle n'en a pas démordu!

M. le sénateur Lœuf est intrigué. Et, flatté,
bien plus encore :

— A-t-elle laissé sa carte?

— Oui!... Je vais te la faire voir... *Madame
Rizatte. Objets d'art.* Ce n'est pas ça... *Rolande
Arroncevo*, ce n'est pas ça non plus... Voilà!
Une baronne. C'est une baronne!

— Peste!

— La baronne Michereau.

— Tu dis?

Comme si sa chaise Empire était à ressorts,
Lœuf saute sur ses pieds, répète :

— La baronne Michereau? Ce n'est pas possible! La femme de Michereau?

Coucouche hausse les épaules. Il ne se rappelle pas avoir jamais ouï parler de Michereau.

— Voyons! le baron!... Ne fais pas la bête.
Tu l'as bien connu?

— Je n'ai pas souvenir...

— Ça me renverse! C'était pourtant connu,
ce nom-là, Michereau! Un type richissime et un
noceur effréné, un gaillard qui, malgré tout, n'arrivait pas à dépenser ses revenus car il passait
une partie de ses nuits au cercle et gagnait tout

ce qu'il voulait aux cartes. Qu'est-ce que tu chantes? Grec?... Pas du tout, la veine!... Cocu? Ah! ça, oui, par exemple. Toutes ses maîtresses le trompaient... Ainsi, Rita, la Rita des deux Irlandais, celle qui faisait de la voltige à la Richard autour des lacs... Et Donatienne de Saint-Cèbe, la dresseuse de pintades... Bref, il était sganarellisé, le pauvre diable! Aussi, quand il s'est marié avec la délicieuse enfant que tu as vue, ç'en a été une rigolade! On s'est dit : « Vieux comme il est, jeune comme elle est!... Ce sacré Michereau ne pourra plus tout porter! » Eh bien! illusion! Une gosse qui n'a pas bronché. Rien à faire! Et pourtant, Dieu sait s'il y avait des candidats sur les rangs.

— Et toi, au premier! gouaille le secrétaire.

— Tiens, mais, pourquoi pas? J'avoue que j'en ai été pour mes frais. De deux choses l'une. Ou bien elle aimait son Michereau. Ou elle n'avait aucun tempérament... Pourtant ce sourire, cette démarche, ces yeux!... En as-tu trouvé souvent des yeux comme ceux-là?

Le père Coucouche feint de n'avoir pas entendu et poursuit, impitoyable :

— Tu n'admets pas une troisième hypothèse.

Tu ne penses pas que, probablement, aucun des prétendants n'avait l'heur de lui plaire?...

Au tour de Lœuf de faire la sourde oreille. Il larde son buvard de plus en plus furieusement, marmonne un discours sans suite :

— Dire que j'avais tout essayé pour la revoir après la mort de son mari!... Pas eu mèche... Savais pas ce qu'elle était devenue. Les affaires... la politique. Qu'est-ce qu'elle peut bien vouloir, cette petite? J'ai entendu dire qu'elle était toujours tout ce qu'il y a de sage. Donc, probablement, pas de poilu à recommander.

Couchard qui déteste les femmes de théâtre, émet avec anxiété :

— C'est peut-être pour entrer à l'Odéon?

— On ne sait pas, dit Lœuf. On ne sait jamais avec elles!...

VIII

Assis devant le bureau poirier de sa chambre, Michel Kerzégov écrit une lettre pressée. Mais, presque à toute minute, il détourne la tête pour sourire à une femme qui paresse dans son lit.

Cette femme, c'est la baronne Michereau. Il n'a guère fallu plus de quinze jours afin de transformer la proie passive en une ardente maîtresse, lascive et curieuse. Ce n'est plus la presque jeune fille, la veuve timorée qu'avait laissée le baron. C'est une rose épanouie. Elle a, aux yeux, une flamme qui éblouit Mariette. Le moindre de ses sourires est un hymne à la vie. Dans la rue, le collégien se retourne, le vieillard songe à ses trente ans.

Cécile n'a plus de remords. Son goût pour le plaisir n'a pas été long à vaincre ses scrupules bourgeois. Il n'a pas éclipsé son amour, au contraire! Le pneumatique de Thérèse est attendu avec l'impatience, la fièvre d'auparavant, dévoré avec la même avidité. Le cœur de Cécile est toujours à Georges. Michel n'a pris que les sens. La baronne se compare à une écolière qui viendrait prendre chez le professeur russe d'agréables leçons. Et à mesure qu'elle accomplit des progrès, l'élève désire davantage celui qui est là-bas, qu'elle parviendra bien à ramener à Paris et qui profitera de toute cette science... Georges! Que de fois, aux plus tendres quatre à sept de l'avenue Charles-Floquet, elle s'est mordu les lèvres pour ne pas crier ce nom qui la hante, sans cesse, ce nom qui est à ses oreilles la plus charmante musique...

Un inconvénient : la princesse, cette chère Waïadiska, devient moins aimable. Devine-t-elle l'interprétation que donna Michel à l'invite d'accompagner une visiteuse? Se doute-t-elle du genre d'alliance que son compatriote et la jolie Française scellent avec un si bel entrain? Elle ne laisse pas de témoigner quelque froideur et la baronne, pressante, a voulu l'opinion de Michel. Celui-ci prit un air insouciant :

— Ne t'inquiète pas!... Maroussia, c'est une vieille amie.

Cécile s'est promis aujourd'hui de savoir si, oui

ou non, Kerzégov a fait des démarches à l'ambassade. Elle sait questionner, manœuvrer, maintenant. Où est la pudique baronne qui, lorsqu'on lui arrachait sa chemise croisait les bras sur la poitrine et se plongeait au plus profond des draps? Cet après-midi, il est vrai, Cécile est vêtue d'un pyjama. Il sied de noter qu'elle n'en porte pas le pantalon et que la veste est délibérément ouverte.

— Chéri?... Hé, l'homme à la lettre, on vous parle!

— Oui, mignon, tu m'excuses... Je suis à toi!

Michel ferme l'enveloppe, fait fondre la cire, y imprime un sceau où les initiales s'enfoncent en arabesques compliquées.

— Tu dis, mignon?

— J'ai rencontré mon amie, ma grande amie, ce matin, tu sais.

— 'Ta grande amie? Maroussia?

— Maroussia, Maroussia, grande amie?... heu, heu... Non, je parle de Mme de Viargues, la femme du militaire que je t'ai recommandé et pour lequel tu m'avais promis...

— L'affaire est en train. Laissons marcher.

Il a jeté cela sèchement, presque durement. Elle ne s'intimide pas :

— Comme tu me réponds !... On croirait que je t'ennuie.

Très câlin, Michel revient s'asseoir auprès de Cécile, l'embrasse :

— Peux-tu dire ! Mais, il y a un petit cheveu, vois-tu ! J'en ai parlé à l'ambassadeur lui-même. L'ambassadeur s'en occupera personnellement. Personnellement, tu m'entends ! Seulement, il a d'autres recommandations à faire passer avant la tienne.

— Ah ?

La baronne a un petit rire ironique.

— C'est comme devant le guichet du Water-Chut. Gardez vos places et un par un, mesdames et messieurs !

Michel, énergiquement, fait « Non » de la tête.

— Non ? Il y a des tours de faveur ?

— Oui. Il y a des tours de faveur, c'est exact !

— Et tu n'es pas assez bien avec lui pour qu'il t'en accorde un ?

— Si. Mais là n'est pas la question. Je ne présente pas les requêtes en mon nom. Il y a une nuance. Je désigne les personnes qui m'ont chargé d'intervenir : M. Ixe, par exemple, ou

Mme Igrec... Ou, comme c'est le cas pour toi, la baronne Michereau.

S'asseyant sur son séant, reboutonnant son pyjama, Cécile proteste :

— La baronne Michereau! Cela ne lui dit rien! Il ne me connaît pas, cet homme!

— Détrompe-toi! A l'ambassade, depuis le patron jusqu'au concierge, tout le monde possède son Bottin-Mondain sur le bout du doigt.

— Alors, il me juge tout juste digne de suivre la foule?

Michel s'énerve. Il se lève, va tambouriner des doigts à la fenêtre, fredonne, puis, revenant à Cécile :

— Ecoute, chérie, si cela ne te fait rien, parlons d'autre chose! Nous reprendrons cet entretien un autre jour... Il y a d'autres sujets!... As-tu remarqué que le communiqué était excellent, ce matin?

La jolie baronne a couru au pantalon du pyjama. Elle y passe les jambes, tire nerveusement sur la cordelière, reprend une tenue correcte et, résolue, déclare :

— Il ne s'agit pas du communiqué. Pourquoi te dérobes-tu? Je veux savoir ce qu'il y a. Tu dois me le dire. Si tu es un galant homme...

— Mais c'est précisément parce que je suis un galant homme que je ne puis pas... préciser certains points.

— Alors, je ne comprends plus !

Michel semble perplexe. Il finit par baisser le front, tourner le dos à sa maîtresse. Il ne parlera pas. Devant un plateau, il prépare lentement sa boisson favorite : quelques gouttes de peach-brandy dans un grand verre d'eau de Vittel. Il avale lentement, ouvre une boîte, allume une cigarette et se met à fumer. Cécile fume aussi, mais au figuré. Elle se débarrasse en grande hâte de son vêtement d'intimité, reprend ses dessous fémi-nins et, la bouche contractée, lace rapidement ses hautes bottes en faisant claquer ses lacets. Michel la regarde, en silence. La seconde botte mise, il se décide :

— Mon mignon n'est pas content? Mon mi-gnon veut s'en aller?

Pas de réponse. La boudeuse traverse la chambre d'un pas décidé, prend son corset, et, le buste en avant, se cuirasse.

— Cécile!... Qu'est-ce qu'il y a, fais-moi le plaisir de me le dire?

Il s'est levé, il a pris son amie par un poignet. Elle se dégage. Mais lui, tranquillement, l'enlace, l'enveloppe, la porte comme un enfant, l'assoit sur le lit et, la tenant prisonnière dans ses bras solides :

— Pourquoi rager comme ça?... Est-ce que tu trouves cela raisonnable?

Cécile, froidement :

— Pourquoi ne pas répondre à ma question?

Kerzégov lève au plafond des yeux implorants, dénoue son étreinte, joint les mains :

— Saints du Paradis! Elles sont toutes les mêmes! Et dire que si je te mettais au courant, tu te fâcherais peut-être... non, tout de même, j'exagère, tu ne te fâcherais pas!... Mais tu me trouverais plus ou moins... délicat!

Cécile lui jette ses bras au cou, l'attire à elle :

— Mon chéri! Assez d'équivoque! Comment le moindre mystère peut-il subsister entre nous? Tu me fais une peine, une peine!... Pourquoi ne pas y aller carrément, ne pas me raconter tout, et tout de suite, et en plein?

— C'est difficile, je te préviens.

— Si difficile que cela?

Il regarde la pointe de son pied droit comme si la solution y était accrochée. En tripotant sa cigarette, il choisit des mots.

— Eh bien! voilà!... Dussé-je te froisser, je serai brutal... Tu sais que je m'occupe d'œuvres...

— Oui. Le repas pour les soldats. Dans les gares. Je ne me trompe pas?

— Le repas des soldats, principalement. Tu sais que cette œuvre est patronnée par mon ambassade... Tu ne savais pas? Voilà bien où gît la difficulté. Tu comprends?

— De moins en moins. Explique-toi, tu me donnes mal au cœur à tourner autour comme ça!

— Je m'explique. L'ambassadeur a fait mon entreprise à peu près sienne. Il a, bien entendu, les noms des souscripteurs — avec les chiffres. Et quand je lui parle de recommander quelqu'un, au nom de telle ou de telle personne, son premier mouvement est pour prendre la liste, la consulter. Et, si le quelqu'un est patronné par un donateur généreux ou par un donateur, tout simplement, il est beaucoup mieux disposé. As-tu compris?

La baronne éclate de rire.

— Pour le coup, oui!... C'est l'invitation à la valse.

Le visage de Michel prend une expression hautaine d'agacement au suprême degré.

— Oh! pas du tout! Tu me demandes une

explication. Je te la donne! Ne va pas chercher autre chose. Tu me désobligerais.

Il se lève, il va retourner à la fenêtre. Cette fois, c'est la baronne qui l'assoit, l'emprisonne.

— Chéri! Tu ne vas pas te fâcher! Ce serait fou!... Est-ce que tu peux croire que je t'ai dit ça... pour ça? Mon pauvre grand! Je t'avouerai une chose : C'est que depuis que je te connais, je pense beaucoup plus à nos... nos occupations d'ici qu'à tes affaires de l'extérieur... Je suis une affreuse égoïste!... A présent, laisse-moi te dire que je tiens absolument à participer à tes œuvres... Tu vas tout simplement, tout franchement, me fixer la somme que je dois verser. Et la question sera vidée.

Kerzégov est très embarrassé :

— Écoute... Après tout, non, ne donne rien. Ce n'est pas la peine. Ton affaire marchera quand même. Je m'arrangerai.

— Mais si. Je veux. Cela fera bien auprès de l'ambassadeur et, surtout, cela me fera grand plaisir de collaborer.

Elle insiste :

— Combien estimes-tu?...

Il cherche. Il va parler. Il se ravise. Il cherche encore.

— Voilà. Les journaux, les grandes banques, les gros fournisseurs de l'armée, équipement, alimentation, aéronautique, métallurgie, ont donné de fortes sommes. Des sommes vraiment énormes, des magots! Les gens du monde ont marché aussi et bien marché! Quand on publiera les listes des souscripteurs, on sera surpris de voir avec quelle générosité un tas de gens, réputés pingres, ont desserré les cordons! Cette idée de poilu, boulottant dans les gares, a causé une impression extraordinaire.

— Alors? Combien pour moi?

— N'en sais rien... Peux-tu verser entre huit et dix mille?...

... Entre huit et dix mille! La baronne comptait s'en tirer avec quelques centaines de francs. Décidément la réputation des boyards n'est pas usurpée! Ils voient grand, ils voient large! Mais Cécile n'accuse pas le coup. D'ailleurs, Michel la regarde d'une certaine manière... Elle réussit une intonation mutine, négligente, pour questionner :

— Est-ce huit? Est-ce dix?

— Va pour dix. Si ça ne te dérange pas?

— Oh! l'argent, moi, si tu savais... Je ne suis pas riche, riche... N'importe! question secondaire...

A qui faut-il compter les billets ? D'un doigt sur la poitrine, Kerzégov se désigne :

— Je suis le fondateur, et l'ambassadeur a exigé que je sois trésorier... C'est même une rude scie !

— Chéri, tu auras cela après-demain. Laisse-moi le temps d'aller à la Banque...

— Rien ne presse, tu penses bien !

IX

La table est rarement bonne chez les vieux céli-
bataires. Voici une heureuse exception : Il sied
d'avouer que chez ce père Lœuf, on mange bien.

La cuisinière provinciale a des recettes, de la
tradition et de la main. Ce déjeuner était parfait.
Les hors-d'œuvre n'avaient rien du restaurant à
quatre cinquante. Un beurre exquis, escortant les
soles grillées à miracle. Le poulet en cocotte, bai-
gné d'un jus savamment réduit, accompagné de
fonds d'artichaut, de petites pommes rissolées et
de tendres carottes, fondait au palais. Quant aux
pannequets, quelles merveilleuses confitures, abri-
cot et cassis, en veloutaient les spirales! Cécile est
émerveillée. Pour une autre raison, le sénateur ne
l'est pas moins. En ce repas tête à tête, il a
découvert une nouvelle baronne. Au lieu de la
jeune femme réservée, un peu farouche, qu'il se

rappelait, il trouve une jolie personne, très à son aise, fort aimable et, que les allusions risquées ne paraissent plus déconcerter autant que naguère.

— Octavie, ma fille, versez-nous le café. Est-il bon? Ah! c'est que ce n'est pas de la drogue vulgaire, le café d'Octavie!

Et Lœuf donne la recette du cordon bleu : les grains verts sont torréfiés à la poêle percée, avant d'être moulus.

— Puis, quand vous avez moulu bien fin, vous tassez dans votre filtre...

Cécile approuve. Elle regarde autour d'elle, en approuvant. Quelle salle à manger bizarre! Une armoire normande, d'une ancienneté incontestable, oppose ses panneaux solides, épais, ennoblis d'une douce patine, à un buffet acajou plaqué de grand magasin. En face d'une gravure anglaise fine, atténuée, un chromo gueulard. Tout ce disparate est amusant. L'amphytrion, lui, est solennel. Il a sa meilleure jaquette. Une brillantine généreusement versée plaque ses cheveux gris, répartis tant bien que mal sur son crâne. Il a fait torturer hier, chez la manucure, ses grosses mains, velues et grivelées, qui suggèrent le charretier plus aisément que le prélat.

— Vous prendrez bien un verre de vieux marc?... Il faut y goûter, c'est du bon, c'est pur raisin... De chez moi!

L'argument est définitif. Va pour le vieux marc! Cécile est enjouée. Lœuf soupire. Elle est séduisante, la mâtine! Ces cheveux si blonds, si légers, ce corsage ouvert, non sans générosité, sur la chair fraîche et tentante, ce rire aux dents saines, le troublent infiniment. Il ne connaissait pas à la jeune-femme cette façon gamine d'écouter en inclinant un peu la tête sur l'épaule gauche. Il ne se souvenait pas d'une bouche aussi charnue. Son souvenir ne lui montrait pas aussi séduisantes ces lèvres gourmandes qui se caressent volontiers l'une l'autre, et cette gorge que le rire soulève, dont une attitude penchée précise parfois le double et voluptueux dessin.

Octavie a fini de servir. Elle demeurera dans sa cuisine... Quitter le vis-à-vis, s'asseoir à côté de l'invitée, prendre sa main?... Avec beaucoup d'opportunité — il a toujours été opportuniste — le sénateur se remémore des situations analogues, de piteuses défaites, des refus secs, embarrassés, voire moqueurs. Il se réprimande :

— C'est la première fois que je la revois depuis si longtemps... Attention! Pas de maladresse!

Cécile se renverse sur sa chaise, tourmente ses bagues, soupire :

— Vous m'avez fait faire un déjeuner... un repas !

Lœuf se rengorge :

— Oui, c'te vieille bête d'Octavie a de l'esprit culinaire... Mais c'est vous que je remercie. Vous avez été toute gentille en acceptant de venir ! Je regrette de vous avoir envoyé l'invitation par lettre. J'aurais préféré être ici le jour de votre visite et vous l'adresser de vive voix...

Cécile apprécie la délicatesse d'un gracieux signe de tête. Lœuf poursuit, après avoir reçu la permission d'allumer un cigare :

— Au fait, qu'est-ce que vous vouliez donc ? S'il m'est donné de vous être utile...

Elle ne se précipite pas sur l'offre. Elle répond, les paupières baissées, effaçant du doigt un pli de la nappe :

— Oh ! ne vous dérangez pas ! Il s'agit d'obliger une amie. Une amie d'enfance, de toujours. Et l'affaire est en train. Si elle ne va pas ainsi que je le souhaite, j'aurai recours à vous.

— A votre service.

— Vous êtes tout à fait aimable ! Mais, pour l'instant, il n'est pas nécessaire de vous apporter un ennui superflu... Vous devez être assez rançonné, importuné?...

Lœuf ne déteste pas que l'on rende un hommage indirect à son influence. Il convient que rarement homme politique reçut autant de sollicitations que lui. Puis il explique que l'habitude procure assez d'habileté à satisfaire apparemment les raseurs :

— C'est le métier! On en connaît les ficelles depuis des siècles! Ce n'est pas la troisième République — ni même la première — qui a inventé l'eau bénite de cour... Mon vieux secrétaire, le père Couchard, vous dirait mieux que moi avec quelle rapidité on arrive à se débarrasser des clients encombrants!... Quand il s'agit des amis, ajoute-t-il d'une voix moins sonore en regardant fixement la baronne, quand il faut obliger de vrais amis, c'est différent. On se débrouille, on agit, on frapperait à toutes les portes pour voir s'en ouvrir une. Soyez-en bien convaincue!

— Je n'ai jamais douté de votre bon vouloir, jamais!

— Il ne manquerait plus que cela, que vous en... doutassiez! Voyons, qu'est-ce que c'est que ce service que vous aimeriez à rendre? Une pension? Non? Un mari à ramener à l'arrière de quelques crans? A Paris!... Hum!... S'agit-il d'un soldat ou d'un officier?

— D'un officier.

— Diable! Est-il jeune ce garçon-là? Il n'a pas trente ans!... Difficile... Et si je prononce ce mot, c'est qu'il résume bien ma pensée. Je ne joue pas la comédie avec vous. Je n'exagère pas les obstacles à vaincre.

Le pessimisme du sénateur n'effraie pas la baronne, si confiante.

— J'ai bon, très bon espoir. C'est l'ambassade de Russie qui s'occupe de l'affaire.

— Tiens! bizarre! Il faut que vous soyez fortement, fortement pistonnée.

— Je suis très... pistonnée, oui, c'est exact.

— Vous avez des appuis dans la maison? Vous connaissez l'ambassadeur? Un attaché militaire?

— Non. C'est-à-dire que... je connais quelqu'un qui connaît.

Lœuf médite en écartant la cendre de son cigare.

— En tout cas, déclare-t-il, après un temps, il m'est permis, je crois, de vous aider, rue de Grenelle. Moi aussi, je connais quelqu'un qui connaît. Et ce quelqu'un est probablement chez lui en ce moment. Il n'a rien à me refuser. J'ai réussi l'élection d'un de ses gendres au Conseil d'arrondissement dans des conditions inespérées... Je passe dans mon bureau, je lui fiche un coup de téléphone. Voulez-vous me permettre de vous laisser une minute?

— Mais je vous en prie. Et je vous remercie.

Restée seule, Cécile s'accoude à la table. Cet empressement l'amuse. Le pauvre père Lœuf est amoureux. Il se démène, il veut se rendre indispensable. Il ne sera que la mouche du coche. Quand Kerzégov a empoché, voici trois jours, les dix billets de la baronne, il a promis que « ça ne traînerait pas ». Cécile pense qu'il est follement divertissant de faire ainsi courir les hommes, de troubler la digestion du sénateur et de pousser Michel à l'ambassade. Ces malheureux mettent toute leur adresse à tirer les marrons du feu pour Georges de Viargues. Michel sera certainement le plus tenace. Il est juste de constater qu'il fut le plus encouragé.

— Pourquoi était-il absent, hier? Et ce concierge dont on ne pouvait pas tirer un mot...

Cécile a un frisson délicieux qui court de ses reins à sa nuque et redescend par le même chemin. Elle revoit le lit bas, l'image libertine qu'un miroir effronté prend d'un autre miroir... La femme est décidément éveillée et, tant pis, jusqu'au retour de Georges, il faudra... Comme il est habile, ce Michel, adroit, persuasif!

— Quelqu'un qui l'aimerait!...

Lœuf revient, propose encore un verre de marc que l'on refuse et qu'il se verse :

— Je ne me trompais pas. Il était chez lui... Voilà! Mon type passera demain prendre les tuyaux que vous allez me laisser. Et il fera le nécessaire quand le moment sera venu. Parce que maintenant, n'est-ce pas... vous savez de quoi il retourne?...

La baronne n'a pas compris. Lœuf est ébahi.

— Votre intermédiaire ne vous a pas mise au courant?... Il est vrai que c'est récent. Et ça n'a rien de joyeux!...

— ?

— Ils sont empoisonnés à l'ambassade! Ils ont une sacrée affaire sur les bras!

— Quelle affaire?

— Les journaux n'en ont pas parlé et n'en feront pas mention. Et je vous prie de garder la chose pour vous : On s'est servi de l'ambassade pour organiser une vaste entreprise d'escroquerie.

Une grue de Montmartre qui avait émigré vers le Bois et s'étiquetait princesse russe, un ex-souteneur, un certain Proton, Protois, je ne sais plus au juste, qui s'était collé un beau nom slave, patronnaient de prétendues œuvres et raflaient mille francs ici, cinquante là, ailleurs trois mille et peut-être davantage. L'homme qui est beau gars, paraît-il, et qui s'adressait surtout aux femmes, avec les arguments que vous devinez, a été dénoncé par une de ses anciennes maîtresses, une demi-actrice, folle du gaillard, furieuse d'être abandonnée. Elle s'est méfiée, elle a suivi de bonnes pistes, est allée raconter son roman à la Préfecture. Et la Sûreté a mis le grappin sur les cocos...

... Cécile ne se serait jamais cru si forte ! Comment a-t-elle écouté, sans sursauter, sans s'indigner ? Comment n'est-elle pas tombée ?... Un certain Proton ou Protois... Il semble à Cécile qu'un nuage s'immobilise devant ses yeux, que la table vacille et s'allonge, s'allonge... Cependant, elle se rend compte qu'elle a gardé la maîtrise de soi. Elle entend sa propre voix demander avec un accent de belle humeur :

— De quelle manière cachera-t-on cela ? Ça va causer bien des scandales ! Toutes les victimes féminines de ce monsieur vont être citées au procès, et...

Le père Lœuf étend les mains en avant, vieille habitude oratoire.

— Pouh, pouh, pouh!... D'abord, on va étouffer soigneusement l'affaire. Il y a la censure, d'autres moyens qu'en temps de paix. Ensuite, en supposant qu'il y ait procès, croyez-vous que les bourgeoises qui ont fauté vont se ruer chez le juge d'instruction? Aucun danger! Le voleur se gardera bien de les nommer. Et ces chevaliers, ça craint toujours qu'on perquisitionne, ça détruit à mesure les papiers compromettants... Alors? Les victimes feront purement et simplement le sacrifice de leur galette.

Il menace du doigt la baronne qui sent un coup d'angoisse au cœur... Se douterait-il?...

— Je vous vois venir, vous! Vous seriez ravie d'une pareille aubaine, hein? Vous la dégusteriez, le matin, la gazette des tribunaux! Encore une madame Unetelle compromise! Et les détails! Et les racontars!... C'est si peu indulgent pour les autres femmes, les femmes!...

Cécile a poussé lentement sa chaise, s'est levée. Elle se sent d'aplomb.

— Mais, quoi, ma belle amie, vous partez!...

Sans trembler le moins du monde, la baronne arrondit son bras pour consulter sa montre-bracelet.

— Vous ne vous doutez donc pas qu'il est trois heures?

— Les heures sont des minutes en votre compagnie!

— Que d'amabilités!

Comme elle est sur le seuil, le sénateur demande :

— Les tuyaux? Vous ne me les laissez pas pour l'ambassade, pour mon type?

Cécile hésite.

— Oh! s'ils sont si ennuyés que ça! Il vaut peut-être mieux que j'abandonne cette piste.

Et, avec son clin d'œil le plus prometteur, elle ajoute :

— Et que vous, mon bon ami, vous seul, vous vous occupiez de cette affaire? Qu'en pensez-vous?

Lœuf devient écarlate de joie. Il acquiesce avec entrain :

— Mais oui, mais oui. Laissez donc ces Cosaques. Et revenez déjeuner un de ces jours. Téléphonez-moi la veille. N'oubliez pas de téléphoner. Et, à bientôt, promettez! A très bientôt.

*
* *

— Un escroc, c'était un escroc !...

La baronne Michereau descend l'avenue de l'Opéra à grandes enjambées. Parfois, elle s'arrête brusquement, se mire à un étalage. « Je dois avoir l'air d'une folle » et se regarde sans se voir... C'était un voleur ! Toutes ses caresses, tous ses mots, tout cela était moyen, mensonge, duperie. Ce qu'il voulait, c'étaient ces billets !

Qu'il a bien su les extorquer ! Ne se les est-il pas fait offrir ? Cet argent qu'elle ne songe pas à regretter, comme il humilie Cécile ! Elle croyait combler cet homme, l'éblouir en se donnant. Et lui, dans ses baisers, en prodiguant ses caresses, il supputait, il calculait. Pouah !

Et cette Waïadiska !... Dire que c'est chez cette mère Fauquenouilles, cette imbécile... La baronne, absorbée, a lancé le mot à voix haute et un monsieur tressaille. Il a pris cela pour lui...

— Cocher !

Cécile enferme sa douleur, sa rage, dans un vieux sapin cahotant. Une glace au fond de la voiture lui montre, convulsé, défait, ce visage qu'elle a su garder impassible chez Lœuf, jusqu'à la dernière minute.

— Un escroc!... Quand il me prenait dans ses bras et que... oh!

Elle discerne aujourd'hui toutes les roueries, elle décompose les manœuvres où elle fut prise : « Dix mille francs! Cette grosse somme, ce chiffre ne m'a pas dessillé les yeux. Je suis une poire. » Elle enfonce ses ongles dans ses paumes.

— Georges, Georges!...

L'après-midi est éclatant, jaune et bleu, d'une splendeur d'image d'Epinal. Un soldat blessé s'appuie sur le bras d'une jeune femme qui lui sourit, lui dédie toute son âme. Cécile a hâte d'être rentrée, de se déshabiller, de s'étendre sur son lit. Dormir, oublier...

Mais elle ne franchira pas sa porte dans l'état où elle est. Si les domestiques lui voyaient cette tête! Et Cécile ouvre son sac, se poudre avec application. Ce travail achevé, sentant une larme prête à glisser, elle la cueille avec le coin de son mouchoir.

X

Devant la table à écrire, la fameuse table d'architecte de l'académicien Isidore Nubout, il y a Isidore Nubout et le lieutenant-colonel Décrotte, en littérature Etienne de l'Orée. L'écrivain délicat, le confesseur laïque a repris son nom avec ses galons. Et ce petit monsieur poussif, bardé de cuir, écrit un scénario.

— Tu es d'accord? Nous amenons les trois divinités de l'Arrière : La Métallurgie, la Bienfaisance et... quel nom pour la troisième. La Croix-Rouge?

— L'Infirmerie?

— Oh! je t'en prie... attends!... Le Voile Blanc! Très poétique... Alors, c'est convenu, un peu d'orchestre et puis nos trois bonnes femmes rappliquent. Elles rivalisent de politesse. La Métallurgie loue la Bienfaisance. La fée des dons généreux vante l'artillerie lourde. Puis, toutes deux...

— ... En strophes alternées...

— ... Célèbrent le dévouement de ces anges qui se penchent sur les blessures. Ce début doit fournir douze bonnes minutes. Après quoi, le Voile Blanc prend la parole, s'adresse à la salle d'une voix vibrante et fait appel aux bonnes volontés. Sors des bas de laine, or, et cours à la Banque! Argent, convertis-toi en emprunt de guerre! Mains hésitantes des aïeules, menottes gauches des fillettes, activez-vous à tricoter!... En vers de dix pieds, ça irait bien... Employez-vous, oisifs! Tous pour la libération du territoire et le règne du Droit sur l'Humanité.

— Applaudissements, hymnes nationaux, vestiaire, termine Isidore Nubout.

Le lieutenant-colonel lâche son stylographe et renifle bruyamment.

— Et ça y est!... Ah! tu peux ajouter quelque chose. Embusqués, courez aux tranchées! Jeunes gens valides, solides, impavides, au recrutement! Engagez-vous!... Non?... Pourquoi dis-tu non?

Nubout sourit.

— Mon cher, tu te doutes bien que je ne vais pas tartiner ça moi-même! Depuis *Rimes aérien-*

nes, une plaquette in-octavo, chez Lemerre, 1879 (épuisé), depuis les temps héroïques, je n'ai pas écrit en lignes inégales. Je n'y ai plus la main. Alors, c'est mon petit secrétaire Lionel qui va se tasser le boulot, comme parlent tes subordonnés.

— Ton secrétaire?... Quel rapport?

— Figure-toi que ce gosse traverse une crise redoutable. Il a été réformé pour un machin au cœur et il répète toute la journée qu'il n'est bon à rien. Du moins, il répétait car, depuis deux ou trois jours, autre histoire. Il veut contracter un engagement, être infirmier bénévole, que sais-je?...

— Qui lui a mis ces idées-là dans la tête?

— Pas moi! Un cousin, son unique parent, un lascar qui gagne un argent fou en mettant de la purée de homard en boîtes et se fait regarder de travers par ses relations pauvres. Le geste du petit donnerait le change... Je dissuade, moi. J'ai besoin de Lionel. C'est un gosse qui n'a pas son pareil pour mes recherches... Dans ces conditions, pas d'invite au recrutement!

Décrotte s'est levé et rajuste sa ceinture-looping qui remonte toujours au-dessus de son ventre. Cet ornement lui confère moins l'apparence d'un soldat que celle d'un déménageur de pianos.

— A ta guise! L'essentiel est que ça soit prêt

dans deux jours, trois jours, délai maximum. Le temps juste de répéter! C'est pour l'autre jeudi au Trocadéro.

— Si ce boudeur de Lionel ne se fait pas trop tirer l'oreille ce sera prêt. Il a beaucoup de facilité!

Le colonel va vers ses destinées qui ne sont guère belliqueuses, et, en hâte, Isidore Nuhout rejoint dans le petit salon —- dit du Quattrocento par les intimes — Mlle Elodie Vautonnier. C'est la fille d'un restaurateur de banlieue, une brune bien en chair, qui veut entrer au Conservatoire et dont la visite de Décrotte a interrompu l'audition. Elle a eu l'aplomb de venir presque nue, sous une robe à l'antique révélant ses bras ronds, sa gorge rebondie, une robe qui permet de constater qu'elle n'a pas beaucoup de linge autour des jambes.

— Terminé! Mon collaborateur est parti! Je pousse le verrou pour que nous puissions travailler à notre aise... Apprenons, voulez-vous, ma chère enfant?

Mlle Vautonnier hurle : « Qui te l'a dit? » et adresse à un gracile bronze florentin les reproches qui affolèrent Oreste. Les alexandrins s'égrenèrent et l'immortel sourit de convoitise et de pitié. Cette infortunée n'a pas été favorisée du moindre don dramatique. Elle a une voix criarde et monotone, mais quel beau cou renflé, solide, quelle harmonie du rythme de ses seins à la courbe de ses hanches!

— Parfait! Voilà une Hermione qui se prépare bien! Vous reviendrez me voir avec un autre rôle, une scène de douceur, de tendresse, d'émotion contenue... les adieux de Bérénice vous iraient... Maintenant, approchez. Laissez-moi vous offrir quelques bons conseils de vestiaires. Tenez... La draperie, là, sur l'épaule...

Et, rectifiant les plis, enseignant des attitudes, Isidore frôle, palpe, discrètement pour commencer. Encouragé par un sourire, un regard que filtrent les cils baissés, il s'enhardit, il insiste, une main à la poitrine, une autre à la croupe. L'étoffe légère a cédé. Cachant son visage dans ses doigts, révélant des aisselles touffues, Elodie balbutie : « Oh! maître, maître! »... La robe tombe et la tragédienne farouche se modernise. La fille d'Hélène n'est plus qu'une fille en chemise sur les genoux d'un vieux monsieur.

— Oh! maître... que faites-vous?... Vous n'êtes pas raisonnable... Maître, on vient de sonner à votre porte, j'ai entendu...

Nubout chuchote dans les cheveux d'Elodie et la rassure :

— Et le verrou?

Il explique que le fidèle Eugène est à son poste, qu'il a mission d'éconduire les importuns, leur jurer que l'écrivain n'est pas chez lui. D'ailleurs, la porte se referme. La minute d'après, Mlle Vautonnier sursautant à un bruit de clef dans une serrure, Nubout s'impatiente :

— C'est mon secrétaire. Vous ne le verrez pas. Il ne vous verra pas. Na! Quelle peureuse vous faites!... Une mignonne, une adorable peureuse!... Oui, plus près, venez mon petit chat!... Viens!

Sur la table d'architecte de son patron, le jeune Lionel a trouvé le scénario; il le déchiffre.

— C'est de la sale écriture de ce Décrotte! Je ne sais pas comment les typos arrivent à le lire, celui-là!

Il esquisse une grimace dédaigneuse et court au miroir. Sa cravate n'était-elle pas de travers quand il a rencontré la dame dans l'escalier, la jolie blonde qui venait de chez Nubout, déconcertée, selon toute évidence, par le rogue : « Monsieur est sorti » d'Eugène?

La cravate est bien, elle convient au visage de celui qui la porte, un fin visage coiffé de cheveux châtains, abondants et ondés. Lionel, réformé pour insuffisance mitrale est menu, mais vigoureux, agile, râblé comme un faune.

— Eugène, savez-vous le nom de cette dame?

Eugène qui a les bras chargés de la dernière livraison du relieur, dépose son fardeau avec une brutalité propre à tuer un bibliophile.

— De quelle dame? Y n'en manque pas des dames!

— Je parle de celle qui voulait voir M. Nubout, la dernière..., il y a quelques minutes...

Le domestique condescend à fouiller ses poches. Il tend un élégant bristol carré où le nom est gravé en capitales.

— Merci... Je ne connais pas. Mais elle est!... Qu'en dites-vous, Eugène?

— Moi?... Pfff... On en voit tant. Je fais seulement pas attention...

Sous-officier retraité auquel ses rhumatismes interdisent le service militaire, le fidèle Eugène ne rêve que de son ancien régiment, le 3ᵉ zouaves, de citations, de corps à corps.

— Pas attention! murmure sourdement Lionel, irrité, choqué comme on l'est à cet âge lorsque l'on constate de l'indifférence pour ce qui vous plaît. Eugène bougonne. Ce freluquet de secrétaire, est-ce que ça ne devrait pas être derrière un créneau?

— Où est le patron?

Un geste expressif renseigne le secrétaire. Un sourire amusé court sur les lèvres de Lionel. Isidore va bientôt apparaître en pyjama, la jambe traînante, sa cigarette désinvolte. Il aura la toison en désordre et les rides soulignées. On entend des pas dans la pièce voisine. La visiteuse ne restera plus longtemps. Le maître a l'après-aimer volontiers muffle et, son enthousiasme tombé, laisse vite entendre que ses instants sont précieux.

Lionel s'assied. Il voudrait noter des vers pour la tirade de la Métallurgie.

— Bataille, mitraille, canons, pennons... Faudra que je chope des rimes chez Déroulède...

Entre Nubout, lassé, désabusé. Cette Elodie n'est qu'une oie. Elle sera mauvaise au théâtre et fade à l'alcôve.

— Bonjour, mon petit. Vous travaillez?

— Oui, maître, je travaille.

— Vous me rendez service. Il nous faudrait ce machin-là très vite. Je vous ai documenté, je crois. Trocadéro. La Métallurgie, cette énorme Furé, des Français. La Bienfaisance, la grande Mousseron... Ça vous surprend? Pour exhorter les sous à sortir de la poche... des autres, les avares n'ont pas leurs pareils!... Le Voile Blanc, on ne sait pas encore qui s'en embellira... Enfin, ça n'a pas d'importance. Alignez-nous quelque chose d'enthousiaste, de pathétique!

L'académicien imite un batteur de grosse caisse:

— Du ronron, beaucoup de grands mots!... Et zimm! Et boum! Pas trop de discrétion, de délicatesse, d'art, ça ne vaut rien dans ces histoires-là! Du tape à l'oreille!

Lionel a écouté ces conseils avec une attention déférente et le maître est agréablement surpris. Depuis quelque temps, ce garçon apportait une mine si revêche. Que s'est-il passé?

— Maître, j'emporterai le scénario chez moi et vous aurez cela demain matin... A présent, Maître, poursuit Lionel après une hésitation bien jouée, laissez-moi vous dire que vous avez manqué une visite, une visite!...

— Bah! fait Nubout èn prenant le bristol, Baronne Michereau! Oui, oui!... C'est la veuve de ce pauvre Tutu. Qu'est-ce qu'elle me voulait, celle-là ?

— Je ne sais pas. Je l'ai croisée en montant, c'est tout. Mais... *che bellezza!*

Nubout est fixé. Cette Michereau, qui n'était point déplaisante serait-elle devenue vénuste au point de transformer un jeune homme pour une rencontre entre deux étages ?

— Vous allez vite en besogne ! Vous êtes un type dans le genre de cet autre qui était devenu fou d'une créature pour l'avoir vue à la portière d'un rapide !... Comme vous me rendez service, on vous la fera connaître... Nous déjeunerons ou dînerons tous trois, un de ces jours ! Ça vous va ?... Ne rougissez pas, voyons...

XI

Depuis douze ans qu'il est au service de la famille, chez Mme de Viargues mère, puis, chez Georges de Viargues, le chauffeur Antonin charme son loisir nocturne avec la femme de chambre de Madame. Les titulaires se succèdent, mais la charge reste inhérente à l'emploi. Léocadie devenue Pâquerette Avril, des Fantaisies Incohérentes, Ernestine, aujourd'hui baronne de Ploukerkoadec, se souviennent que c'est la chambre à fleurettes mauves de M. Antonin qui entendit leurs premiers roucoulements d'amoureuses.

La guerre a opéré un changement. Trois jours avant la mobilisation, la brune Löttchen, celle qui modulait si passionnément ses « Ach! so süss. Wie gemüthlich, lieber Schatz », est repartie en hâte pour sa Souabe natale. Une pimbêche la remplace, cette Thérèse qui repousse toutes les offres de M. Antonin. M. Antonin ne vit plus. Il est hors de ses plus douces habitudes.

— Ce n'est pas rien qu'à cause de la chose en elle-même! confie-t-il à la cuisinière. Non. Seulement, ça me tenait compagnie. Le matin, on flanochait au lit. Je racontais ousque je les avais promenés la veille. Je me faisais dire les petits fourbis de leur chambre à coucher, en douce. Un passe-temps, quoi! Et puis, même, question de ce qu'on pense et qui compte bien dans la vie...

La cuisinière dont le mari est mobilisé à Céret exhale ses rancœurs en un long soupir et bat plus nerveusement sa mayonnaise.

— En parlant de ça, poursuit M. Antonin, je suis obligé de courir au diable cuit, à la Folie-Méricourt, voir une ancienne... Bouac! C'est triste! Un petit hôtel, un garni. Ça ne vaut pas le chez-soi, c'est bon à la jeunesse. Est-ce que ce sont des cérémonies pour un homme de mon âge, je vous le demande, madame Charles?

Mme Charles riposte aigrement qu'il y a beaucoup d'hommes et de femmes, à cette heure, qui s'estimeraient heureux d'aller quérir de la tendresse à la Folie-Méricourt. Elle quitte bien vite ce sujet pour agonir Thérèse qu'elle déteste. Se penchant vers les joues violettes du chauffeur :

— Voulez-vous me croire? Si elle tient à coucher seule, c'est qu'elle a la crainte de se révéler!

M. Antonin qui espère encore est saisi d'anxiété. Cette Thérèse serait mal bâtie? La cuisinière secoue son bonnet.

— Ce n'est pas ce que j'ai voulu dire. Elle pourrait des fois parler en dormant et en raconter plus long qu'elle ne voudrait pas... Dame! quand on manigance des choses...

— Manigance?

— Oh! se hâte d'ajouter Mme Charles, ce n'est pas que je l'accuse, cette fille. Mais vous savez ce qu'on lit dans les journaux : la main de l'Allemagne est partout. Et on remarque des choses qui ne sont pas naturelles.

— Quelles choses?

— Des choses. Qu'est-ce que c'est que cette mijaurée qui ne sort jamais pour elle, et qui, tous les matins, met un pneumatique à la boîte avec le courrier de Madame. Ah!

Des suppositions feuilletonnesques se bousculent sous la casquette de M. Antonin.

— Un pneumatique? Tous les jours?

— C'est comme j'ai l'honneur... J'ai essayé de voir l'adresse, pas mèche, elle a du vice, Mademoiselle! Du reste, ça n'a pas d'importance l'adresse. Il y a tant de gensses qui ont des noms aussi français que vous et moi et que cela ne signifie rien... Et les intermédiaires...

La mayonnaise est réussie. Mme Charles place le bol sur une étagère et se met en devoir d'enfariner ses escalopes. Un dernier rayon de bon sens éclaire le chauffeur.

— Heu... que raconterait-elle? Nous ne sommes pas au Ministère de la Guerre. Si la patronne recevait du monde conséquent, des généraux, des diplomates, des personnes renseignées, je vous répondrais tout de suite : c'est ça et ça et ce n'est rien autre... Tandis que nous vivons comme des-z-hiboux, nous n'avons plus de visites, on ne sait dans la maison que ce qu'on sait chez l'épicier. Dans ces conditions...

Mme Charles ne démord pas.

— Quoi qu'il en soit, prononce-t-elle avec emphase, ça n'est pas naturel. Quand on écrit à un amoureux on en a trop long à bavarder pour un pneumatique. Faut donc que ça soye un avis d'urgence, et, de l'urgence chaque matin, c'est surprenant, voilà ce que je raisonne!... Pas vous?

— Vous n'en avez pas touché deux mots à Madame?

— Oh! Madame!... Vous savez le jour que

je m'avais plains, quand cette poison avait garé mes plats pour ses fers, prétextant qu'elle avait un corsage et une ceinture à repasser, que ça ne devait pas attendre. Comme si elle n'avait pas pu repasser la veille, mais, la veille, Mademoiselle finissait un roman, vous comprenez... Je remets mes plats, elle remet ses fers, bref, pour vous en couper court, je vais me plaindre à Madame, en juste raison, vous ne savez pas ce que Madame m'a répondu...

— Je ne devais pas être là...

— C'est vrai, c'est la fois que vous avez été à Marlotte... Madame m'a répondu : Que je ne lui casse pas la tête avec des histoires de rien du tout. Je me le tiens pour dit. Que Mlle Thérèse envoie des petits bleus, je n'ai plus rien de commun avec cette garce. Et j'apprendrais qu'elle à la T.S.F. sous son lit que je n'irais pas m'exposer à un autre affront près de Madame !

M. Antonin a pris le facies sévère d'un magistrat.

— Vous tenez des propos inconséquents, Madame Charles. Le pays avant tout. Et chacun a son devoir dans sa modeste sphère. Moi qui vous parle, je casse le morceau à la patronne. Dès ce soir. Et nous tirerons l'affaire au clair.

— Bien sûr que ça serait préférable pour tout le monde.

— Et puis, n'ayez crainte! Quand il s'agira de charger sa malle, je ne serai pas le dernier à donner un coup de main. Ça fait des manières, quand je pense... Ah! ma Lotte, ma p'tite Lotte!! Ce que je la regrette!

Il se mouche, et, pliant son mouchoir :

— Je ne peux pas vous l'exprimer. Une amitié, une confiance, des chics petites manières, proprette, douce. Un vrai mouton! Elle me cirait la chaussure : du vernis! J'avais jamais une tache, jamais un bouton qui bronchait. L'a fallu qu'elle parte. Elle avait trop peur. Et pourtant, on lui aurait sauvé la mise. Je le lui ai assez ressassé quand elle avait si gros cœur de s'en aller. Par Frédéric de chez M. le Président, j'aurais eu des tuyaux, des papiers d'Alsacienne, pauvre gosse!

— Le fait est, déclare Mme Charles, qu'elle n'avait rien de la feignante. Toujours disposée à rendre service. Tenez, ma vaisselle, quand je me trouvais en retard...

— Et, elle en avait, des relations! poursuit M. Antonin, admiratif. On lui en refilait des petits cadeaux de tous les côtés. Ce fume-cigarettes qu'elle m'avait offert. Moi, je me disais : « Délicate attention, mais c'est de l'article de bazar à quatre quatre-vingt quinze. » Frédéric me fait : « Pas du tout, c'est grand genre »... Je le portais à estimer rue de la Paix, le lendemain et on me répondait : « Magnifique. Ambre, écume de mer. Et virole en or ». Le poinçon y était.

— Ce n'était pas une sans-le-sou, renchérit la cuisinière. Les télégrammes qu'elle envoyait à sa famille! Des trois cents mots, elle ne regardait pas à la dépense. Et les mandats! Et vous avez vu quand elle serrait ses paquets. Elle avait du linge!

L'émotion tend la vareuse américaine du chauffeur.

— Quand je constate comment qu'on l'a remplacée! Cette grue qui ne veut rien savoir!... Cette envoyeuse de pneumatiques qui livre peut-être des documents. Saleté!

Et pour rendre tout son mépris, M. Antonin crache dans le cendrier.

— Boche!

XII

Cécile se penche, une main à sa poitrine, murmure :

— Il dort, mon Ziki?

Lionel dort. Il travaille une partie de la nuit. Aussi ses après-midi voluptueux sont-ils coupés d'un sommeil auquel il cède avec délices et dont il sort avec une vigueur nouvelle. Sa maîtresse, alanguie, attendrie, le regarde, s'émerveille de la peau mate, de la bouche forte et ferme, admire le cou aux muscles gracieux, les bras duvetés. Elle murmure encore pour elle-même :

— Ziki...

Un nom tendre qu'elle a inventé pour lui au troisième ou quatrième entretien. Ce petit, Cécile l'a convoité tout de suite, le premier soir qu'elle a dîné en face de lui, qu'ils ont noué connaissance sous le regard méphistophélique de Nubout. La baronne Michereau se flatte les hanches de la main. Elle est lasse, elle est contente. Elle ne se sermonne plus. Elle a des sens, et si impérieux qu'ils lui ont fait une conscience nouvelle.

Après avoir maudit Michel pendant deux jours et s'être jugée avec la plus implacable, la plus haute sévérité, Cécile connut toutes les morsures du désir, les nuits agitées, les matins fiévreux où les bras se tendent, où l'être n'est qu'un appel. Elle souhaita la sortie de prison du faux Russe et se sentit prête à lui donner de l'argent, beaucoup d'argent encore : « Qu'il revienne, que je le retrouve, qu'il me prenne!... » Elle rencontra au Bois, dans l'allée de la Reine-Marguerite, un homme qui ressemblait au « certain Proton ou Protois ». Elle identifia un sergent-aviateur, le suivit des yeux et les yeux furent à ce point implorants que l'homme emboîta le pas, accosta la délaissée. Une demi-heure après, un fiacre guidait le couple à travers le quartier Monceau, s'arrêtait devant un meublé louche. Cécile représentait à son dégoût la chambre au tapis poisseux, rapiécé, au lit douteux et défait sur quoi le militaire s'était évidemment vautré, le matin même, avec une fille. L'aviateur lâchait des gauloiseries, traînait sur les mots son accent faubourien, enfin, sans barguigner, tirait ses bottes, jetait ses vêtements, sa chemise...

— La brute !...

Cécile a parlé presque à voix haute. Elle approche de Ziki un joli sourire et secoue sa natte blonde, la natte de fillette qu'il chérit si fort. « Non, trésor, ce n'est pas pour toi que j'ai dit cela ! » Et, s'installant sur le lit, un genou dans ses doigts noués, elle continue la promenade, le long de ses souvenirs.

— Et la lettre de Lœuf ?... Etait-ce le lendemain, ou le surlendemain de l'aviateur ? Lœuf avait écrit une longue épître à Cécile pour lui reprocher son silence. Mais la baronne redoutait une explication. Ne faudrait-il pas fournir des détails quant aux fameuses relations à l'ambassade ? Ne se verrait-elle pas, tôt ou tard, forcée d'avouer, implicitement ou non, au sénateur qu'elle figurait parmi les victimes de la pseudo princesse et de son acolyte. Il importait cependant de songer, et plus que jamais, au retour de Georges à Paris. Il devenait urgent que Georges défendît Cécile contre elle-même. Et Cécile s'en fut sonner à la porte de Nubout.

La songeuse se retrace les épisodes du dîner en compagnie de l'académicien et de Lionel. Le maître narrait des histoires de collège, décrivait les cages de papier où son condisciple Michereau, ce pauvre Tutu, emprisonnait des hannetons. Le secrétaire, lui, parlait peu, mangeait moins encore. L'addition réglée, Isidore s'effarait, craignait de manquer un rendez-vous important et abandonnait ses invités... Un taxi berceur emmenait les jeunes gens. Depuis... Depuis, Cécile pénètre un jour sur deux chez Ziki, dans cet appartement minuscule, ce logis de poupée qu'il a meublé et où apaise une sensation si pénétrante d'isolement, d'intimité... Georges n'est pas oublié. Cécile, malgré la répugnance qu'elle éprouve à cet aveu, se confie que, tout de même, elle est moins pressée de le revoir. Les démarches seraient longues et on les ajourne chaque soir. Georges est une promesse lointaine.

La baronne se recouche, s'étend avec une paresse heureuse, chuchote : « La réalité! » Précisément, Ziki s'éveille. Il se tourne vers son amie et, sans rien dire, se glisse tout contre elle, la prend dans ses bras. Ses lèvres frôlent la joue, s'attachent aux lèvres qui s'ouvrent...

— A propos, chérie, tu ne m'as jamais dit?... Cécile, qui s'est affalée en travers du grand lit, hausse le menton. Lionel, assis à la turque, se polit vigoureusement les ongles.

— Est-il indiscret de te demander ce que tu venais faire chez Nubout le jour où je t'ai rencontrée dans l'escalier?

— « Ce que je venais faire »... En voilà une expression?

Un beau bras se lève mollement dans la pénombre.

— Ziki, ce n'est pas indiscret... Ce que je venais faire? Je venais voir si le bon maître voulait se charger de recommander un officier.

Cécile reprend l'antienne du « mari d'une amie ». Lionel est sceptique.

— Hum!... Le mari d'une amie. Dans le sens où l'entendait la phrase : Les maris de nos amies sont nos maris?

— T'es bête!... Vrai, bien vrai, le mari d'une amie en tout bien, tout honneur...

— Vous étiez naïve, chère Madame. Le bon maître n'aurait pas recommandé. Avant la guerre, il traversait encore des crises d'obligeance. Il y allait de sa carte apostillée ou de son coup de téléphone. Maintenant, fini. Il promet, promet, promet. C'est tout.

Il bondit sur le lit, menace du poing.

— Et il vous aurait fait la cour! Ah! mais!...
Le connaissez-vous, notre Isidore?

— La cour. Pas à moi. Pas à la femme de son
camarade Michereau!

— Pas s'y fier!... Toutes les jolies femmes.
Il est vrai que celles qu'il préfère, ce sont les dé-
butantes, les petites filles qui aspirent au Conservatoire ou qui se contenteraient d'un bout de rôle
quelque part. Les ingénues vraies ou fausses qui
quémandent un appui, un conseil, qui rougissent,
se défendent un peu, protestent...

— Merci! A t'entendre, je n'aurais pas pro-
testé, se récrie Cécile. Il est vrai qu'avec toi...
Mais toi, je t'ai aimé au premier regard, monstre!

— Tu ne comprends pas. Je veux dire que,
quelle que soit ton habileté, tu passerais diffici-
lement pour une Agnès.

— Je parais donc si dévergondée que cela!
pense Cécile. Lionel n'a pas vu glisser le nuage
sur le front de son amie. Il enchaîne.

— Si tu savais. Ces malheureuses gosses!...
C'est pitié! Elles arrivent, elles se couchent et
s'en vont avec tant d'espoirs. Des semaines s'écou-
lent, elles restent sans nouvelles, elles écrivent.
La sténo-dactylo leur tape six lignes de vagues
exhortations à la patience. Elles attendent encore,

se désolent, risquent une seconde visite qui les met en présence d'un Nubout empressé et faunesque s'il convoite une récidive, faussement cordial quand l'aventure l'a déçu. Quelquefois, c'est à moi qu'incombe la tâche de réconforter les victimes. Hier, l'une d'elles, une certaine Elodie s'est impatientée et m'a dit : « Le maître n'a rien à me refuser. » Et, cet aveu : « Le maître a abusé de ma faiblesse. »... Crois-tu, hein ?

D'une voix grave, Cécile déclare que ce Nubout est un pourceau.

— Et, en définitive ? A qui t'es-tu adressée pour le mari de ton amie ?

L'interpellée a une moue qui signifie : « Je verrai, j'aviserai. » Elle étouffe un bâillement.

— J'ai envie d'aller revoir le père Lœuf.

— Le sénateur.

— Tu le connais ?

— De réputation. Un satyre, pas dans le genre de notre bon maître, plus rustique, plus départemental.

— Je ne sais pas, fait Cécile, très digne. Avec moi, il a toujours été correct.

— Je ne veux pas que tu ailles chez cet homme.

Les yeux de Lionel s'assombrissent et son nez

se pince. La baronne est stupéfaite. Jaloux? Il serait jaloux? Voilà un sentiment qu'elle ne soupçonnait pas dans le cœur de cet enfant et qui ne lui serait jamais venu, à elle! Elle sait Lionel occupé. Elle s'est rendue compte qu'il n'avait en somme pas le temps de voir une autre femme. C'est peut-être à cause de cela que le soupçon d'une rivalité ne l'a point effleurée. Mais la jalousie ne raisonne pas. Non, elle n'est pas jalouse, décidément. Elle éprouve une profonde tendresse et, selon les instants, ressent une gourmandise violente ou est imprégnée de gratitude sensuelle. Aurait-elle fait naître l'amour?

— Je ne veux pas que tu demandes quelque chose à ce Lœuf!... Ces bonshommes, ces vieux qui palpent, qui ricanent.

Il a une nausée.

— Pouah!

Il s'est rapproché d'elle, une flamme étrange au regard. Il lui a mis ses mains sur les épaules. Et lui, qui n'use que de diminutifs puérils, pour la première fois, d'un ton rauque, il l'appelle :

— Cécile!

Elle est inquiète. Elle est flattée. Mais elle le préfère gamin, insouciant. Elle ferme autour du cou de Lionel le collier de ses bras frais, d'un

baiser, elle essaie de le rassurer : « Jeune fou! »
Lui se dégage.

— Promets-moi. Jure-moi que tu n'iras pas
chez cet homme!

— Allons, tu es de plus en plus enfant! Puisque cela t'ennuie, c'est promis!

Il revient à elle, l'embrasse fougueusement avec
une ardeur presque chaste qu'elle n'apprécie
guère. Elle en est quitte pour orienter le débat,
comme dirait Lœuf. Elle risque des caresses et
Ziki est repris. Il arrache le drap. Cécile, triomphante et vaincue, ferme les yeux.

Quand elle les ouvre et qu'elle se plaint d'être
fatiguée, non sans ajouter qu'il est bon d'être fatiguée ainsi, elle retrouve un Lionel enjoué, reconnaissant.

— Puisque tu as été toute mignonne, puisque
tu n'iras plus chez ce Lœuf, je te ferai connaître
quelqu'un qui est capable de t'aider beaucoup
pour le mari de ton amie.

— Un homme?

— Non. Une femme. La générale de Dizier-Cozaly. Une femme charmante.

— Va pour ta générale, dit Cécile.

XIII

Quand le chauffeur Antonin eut terminé son rapport, Jeanne de Viargues eut coup sur coup, deux impulsions. La première fut pour mander Thérèse, la sommer de s'expliquer. La seconde, pour écrire, sans délai, de cette histoire à son mari. Elle n'obéit ni à l'une ni à l'autre. S'adresserait-elle au commissaire? Elle balança et se rappela enfin le nom de l'agence Torineau (Enquêtes privées. Recherches confidentielles) où elle avait accompagné, en 1913, une amie soupçonneuse...

... Elle reconnaît à grand' peine le local. Vivotant péniblement avant les hostilités, l'agence Torineau a maintenant figure de nouvelle riche. Avant de pénétrer dans l'antichambre, on devine cette aisance au paillasson d'acquisition récente, un paillasson pour gens cossus, large, épais. Les rapports sont de bonne vente cette année, dirait-on au Sentier. Ils sont nombreux et rémunérateurs.

Les maris, les amants qui, du front, demandent les emplois du temps de ces dames, ne lésinent pas. Chaque jour on embauche de nouveaux limiers et M. Torineau, râpé naguère et obséquieux, a pris de la morgue chez son tailleur. Il se couvre d'étoffes neuves et britanniques, s'alourdit chaque mois d'une bague nouvelle.

Son « Je vous salue, Madame » est du meilleur ton. Il désigne un siège de sa main ouverte.

— Je viens, Monsieur, pour une mystérieuse affaire...

M. Torineau n'admet pas cet adjectif.

— Il n'est pas, Madame, d'affaires mystérieuses. Le mystère, ça n'existe pas. Contez-moi ce que vous savez, succinctement, je vous prie.

Il écoute le récit de Thérèse en s'appliquant à l'impassibilité. Il pose deux ou trois questions d'un air absent. Et, avec le flegme que gardent les chirurgiens pendant les opérations les plus malaisées, il laisse tomber de ses lèvres :

— Affaire grave. Très grave. Affaire d'espionnage.

— D'esp... Vous êtes certain, Monsieur? crie Jeanne de Viargues, éperdue.

M. Torineau, sévère, enseigne qu'il ne faut jamais élever la voix. Après quoi :

— Certain. Ce n'est pas ma spécialité, fait-il observer, en affichant une nonchalance méprisante. J'ai des besognes plus subtiles. Ici, on travaille plutôt côté cœur. Et je suis débordé, je refuse chaque jour les bricoles, les filatures du quatre à sept, le menu fretin... Néanmoins, ce que vous m'avez fait entrevoir, Madame, m'oblige à m'occuper de vous. Mon patriotisme est plus exigeant que l'amour de mon métier, que mes intérêts. Et c'est moi, personnellement qui m'occuperai de l'enquête.

Jeanne murmure des remerciements.

— Dois-je prévenir le commissariat de mon quartier?

— Gardez-vous en bien. J'irai, je verrai. Je prendrai les mesures de sûreté qui me sembleront utiles. Lorsque la culpabilité sera évidente, j'avertirai l'administration.

Le policier se recueille, tripote sa cravate.

— Quant à vous, attendez. Observez. Je ne saurais trop vous recommander de ne modifier en rien votre attitude, de ne pas laisser soupçonner à cette fille que vous la tenez à l'œil. C'est essentiel!

— Je pense bien ainsi. J'ai recommandé à mon chauffeur de ne rapporter à personne l'entretien

que j'ai eu avec lui... Mais cette fille me demande
chaque matin des nouvelles de mon mari...

—- Donnez-lui en. Si votre mari change de
secteur, n'indiquez pas le nouveau numéro. Prenez vos précautions. Veillez, cependant, à ne pas
laisser percer la moindre méfiance. Exagérez plutôt l'amabilité. Ce sera trois cents francs de pro-
vision et cent francs pour les frais anticipés. Voulez-vous passer à la caisse?...

M. Torineau, se levant, notifie que la consul-
tation est terminée.

—- J'irai vous voir après-demain, Madame...

— Demain! Cet homme ne viendra que
demain.

Jeanne est hors d'elle. Elle voit déjà son hôtel
envahi, environné de détectives. Elle imagine des
hommes masqués cachés dans les armoires.

— Si Georges apprend cela?... Voilà qui va
tellement l'ennuyer!

La crainte de déplaire à Georges est le com-
mencement de la sagesse. Jeanne se sent tout à
coup une énergie qu'elle ne soupçonnait point. Son

mari aurait-il attendu l'intervention de Torineau et Compagnie? Que d'histoires font ces policiers! Pourquoi n'arrêterait-elle pas Cécile elle-même? Ne saurait-elle pas l'interroger?

Elle ferme sa lettre quotidienne à Georges. Cette lettre, Thérèse va venir la prendre. Jeanne, résolue, ouvre un tiroir, prend un bijou de petit revolver dont le barillet n'a jamais contenu de balles et qu'elle ne veut même pas armer. Elle le cache derrière un gros livre. On frappe.

— Entrez.

C'est Thérèse.

Jeanne n'a jamais éprouvé une aussi belle, une aussi calme sûreté de soi. Elle regarde en souriant la femme de chambre qui s'est habillée pour sortir.

— Je viens chercher le courrier.

Sans mot dire, Jeanne tend le pli. Thérèse le prend. Elle va quitter la pièce. Le moment est venue. Mme de Viargues, mentalement, compte : un, deux, trois.

— Thérèse?

— Madame.

La fille se retourne, interloquée par l'appel plus impérieux que de coutume. D'un ton sans réplique, Madame commande :

— Fermez la porte. Venez ici.

Thérèse obéit. Haussant la voix, Jeanne questionne :

— Cette lettre que je vous confie, c'est tout ce que vous avez à mettre à la poste?

Un sursaut. Vite réprimé.

— Oui, Madame.

— Non... Donnez-moi le pneumatique. Comment? Quel pneumatique? Celui que vous envoyez tous les jours?

Mme de Viargues se prépare à saisir le revolver. Velléité inutile. L'autre tombe dans un fauteuil en sanglotant :

— Vous allez me donner ce pneumatique!

— Oh! Madame!... Oh! non, Madame!... Si Madame savait!...

De quel terrible secret s'agit-il. Ce policier avait raison.

L'affaire est très grave. Jeanne s'indigne :

— Malheureuse! Vous vendez votre pays!

— Mon pays?

Thérèse ne comprend pas. Les yeux fixes, la bouche tremblante, de grosses larmes aux joues, elle entr'ouvre son corsage, en tire un papier bleu.

— Passez-moi ça.

Jeanne lit l'adresse qu'a tracée une écriture enfantine. *Madame la baronne Michereau, 18, rue de Médicis. E. V.*

— La baronne Michereau? Cécile Deroy?

Cécile Deroy espionne, elle aussi? Quelle invraisemblance! Mme de Viargues ouvre le billet, peu soucieuse de suivre exactement le pointillé. Elle lit : *Sans autres pour aujourd'hui toujours même nouvelle on ne parle plus de l'aviation avec les respects de votre dévouée Thérèse.* Le problème n'est pas résolu. Et Jeanne a une minute de regret. C'est sans doute à tort qu'elle a devancé M. Torineau. Comme tout cela paraît ténébreux! Ce : *On ne parle plus de l'aviation?* Elle reprend son courage et l'interrogatoire :

— Expliquez-vous! Que vient faire la baronne Michereau dans cet imbroglio?

Thérèse laisse percer quelque surprise malgré son effondrement.

— Madame sait bien.

Madame va répondre : « Mais non! Je ne sais rien! » Elle se ravise et le front haut :

— Naturellement, je sais. Seulement, j'exige que vous me le disiez. Je le veux, Thérèse, entendez-vous.

Alors, péniblement, extirpant les mots de sa gorge, Thérèse raconte. La baronne ne voit plus

Monsieur et Madame. Elle voulait continuer les relations d'avant la guerre...

— Avec monsieur, principalement, n'est-ce pas?

— Mme la baronne s'intéresse tellement à Monsieur et à Madame...

— Que chaque jour, vous lui faites parvenir des nouvelles de Monsieur!

Jeanne a compris. Ce bonheur d'être aimée que la séparation lui a rendu est envié par cette femme. Elle ne se dit pas que Cécile a pu souffrir, peut souffrir encore. Elle ne voit reparaître que la rivalité des deux jeunes filles. Elle ne trouve que cette exclamation.

— C'est indigne!

La messagère se tamponne les yeux de son mouchoir.

— Combien vous payait-on pour ce joli métier?

Thérèse ne répond pas directement. Elle pleurniche, allègue des paquets à envoyer à son fiancé :

— Je n'admets pas cela! Vous fournirez cette excuse à une autre. Des paquets! J'en envoie aux soldats, vous ne l'ignorez pas. Et vous ne m'avez pas parlé de ce fiancé. J'en aurais eu pour lui, des paquets, pour lui de préférence à un autre. Vous comprenez pourquoi. J'avais de la sympathie pour vous. Je la plaçais bien !

— Oh! Madame!...

Mme de Viargues bavarde sa rage. Elle parle, parle, elle pleure, elle aussi, puis, assouvie, montre la porte.

— Allez faire votre malle!... Non, tenez, restez ici. Avant que vous partiez, un policier visitera votre chambre, vos bagages. On vous traitera comme vous le méritez. On retournera votre matelas !

Jeanne téléphone à l'agence Torineau et M. Torineau répond qu'il vient, en personne. Il se hâte. Et, tandis que, farouche, Monsieur Antonin garde à vue, dans la chambre de la patronne, celle qui n'a pas voulu enchanter ses nuits, Mme de Viargues narre ce qui s'est passé au détective. M. Torineau visite le retrait de Thérèse. On dirait quand il tâte les murs des doigts, un pianiste essayant son clavier.

— Parfaitement, Madame, dit-il, condescendant. Vous avez raison. Je ne trouve rien. Si j'ai flairé hier de l'espionnage, c'est que votre récit m'a trompé. Il était très mal fait. A présent, je dois vous réprimander. C'est effarant! Depuis les histoires de ce monsieur Conan Doyle, de ce monsieur Leblanc, les gens se figurent tous avoir en eux l'étoffe d'un policier amateur. Ils veulent opérer eux-mêmes !

— Quand on réussit...

— Vous avez réussi, par hasard ! Vous risquiez gros. Une autre fois, ne vous substituez pas à nous, méfiez-vous des pièges.

Il conclut familièrement, laissant glisser dans son langage étudié une locution populaire :

— Laissez faire les gens de qui que c'est le métier !

Et, s'asseyant sans façon, sur le lit bouleversé de la femme de chambre :

— Il importe que nous causions encore de cette aventure, Madame. Je vous saurais gré de me repasser le pneumatique. Vous disiez donc que cette baronne ?...

Jeanne exhala sa rancœur. Le sherlock tourne, retourne, lit, relit le papier bleu :

— Très bien, très bien !... Oui, oui !... Vous n'avez plus besoin de mon ministère, Madame. Je n'ai plus qu'à me retirer.

M. Torineau s'esquive avec la mine satisfaite d'un gaillard qui n'a pas perdu sa journée.

— De premier ordre, le coup de la bafouille, il tombe à pic !

En s'éloignant à belles enjambées, il chantonne sur l'air de Digue-Don des *Cloches de Corneville :*

— Miche et miche et miche, miche et Michereau... Bonne piste pour les recherches du sénateur Lœuf. Torineau, mon ami, ça c'est pour le moins vingt-cinq louis et la rosette de l'Instruction Publique, si tu sais y faire !...

XIV

— Alors, elle s'intéresse à ce garçon. Quel nom m'avez-vous dit?

— De Viargues, monsieur le sénateur. Georges de Viargues.

M. Torineau explore ses poches.

— Et voici le papier résumant la situation militaire de Georges de Viargues!

M. Torineau triomphe modestement et s'attend à des félicitations chaleureuses. Lœuf ne songe pas à le complimenter. Il froisse le fragment de bulle et, morne :

— Je n'y comprends rien. Je n'y suis plus.

— J'ai la grande expérience de ces surprises-là, déclare le policier en joignant ses mains sur son ventre. C'est une petite dame, voyez-vous, monsieur le sénateur, qui ne peut pas s'en passer, comme on dit. D'où le jeune Lionel...

— Ah! celui-là!...

— Mais le chéri, celui du cœur, c'est de Viargues. Et, elle attend son retour. Et, elle va jusqu'à suborner des domestiques...

Agacé, Lœuf, du pouce battant contre l'index, invite le bavard à se taire. Il fouille dans ses souvenirs :

— Attendez donc! Elle voulait recommander un ami, le faire revenir à Paris. Le mari d'une amie, soi-disant. Je n'ai pas demandé le nom... Un officier. Cela concorderait avec ces renseignements. Elle était venue pour cela. Et depuis...

Un geste de détresse fend l'air tout près du visage sybillin de M. Torineau.

— Depuis?

— Plus rien! J'ai écrit. Téléphoné. Des réponses embarrassées. Des promesses de venir, des ajournements.

Le sénateur soupire à fendre toute autre âme que celle, blindée, d'un détective professionnel. Il ajoute, oubliant qu'il n'est pas seul :

— ... N'en mange plus! Je n'en dors plus! A mon âge!...

— Attendez, monsieur le sénateur. L'événement d'hier amène un fait nouveau, de la plus haute importance. La baronne Michereau ne sera pas longtemps à ignorer ce qui a eu lieu à l'hôtel de Viargues. Mme de Viargues est capable d'écrire de sa bonne encre à la baronne Michereau. Et vous devinez que c'est la baronne que la fille congédiée ira... que dis-je, elle y est sans doute déjà depuis hier au soir.

— Et après?

— Décisif! affirme M. Torineau qui repart avec un accent canaille, oubliant sa solennité coutumière : Les femmes, de n'importe quel monde, ça se pique au jeu : « Tu veux le garder pour toi, ton homme? Moi, je me charge de te le souffler! » Voilà les femmes!

Un violent coup de poing ébranle le bureau devant quoi Lœuf est assis :

— Ma parole! Vous avez l'air de m'offrir ça comme un espoir! A son premier amant, elle en ajoutera un second, si vous allez par là! Vous en avez de bonnes!

Le policier quitte sa chaise et reprend sa dignité.

— Vous vous en allez?

— J'estime qu'il est préférable de mettre un terme à cet entretien... Non, monsieur le sénateur, ne me retenez pas! Vous êtes nerveux, irrité. Nous n'aurons pas de conversation utile aujourd'hui. Dans quelques jours, je prendrai la liberté de vous téléphoner...

— Ce que vous en fourrez des guirlandes! gémit Lœuf. Oui, ça va, partez, cela vaut mieux. Mais ne téléphonez pas dans quelques jours. Demandez-moi à l'appareil demain, vers les onze heures. J'aurais réfléchi. Au besoin, je vous fixerai un rendez-vous.

M. Torineau est parti. Seul dans son cabinet, le sénateur se laisse choir sur un fauteuil. Il gravit, une fois de plus, le calvaire de ses pensées, reprend le chemin où il s'est engagé, l'après-midi que Cécile, après déjeuner, quittant l'appartement, s'en fut vers ses aventures. Lœuf faillit crier de détresse en retrouvant, ce jour-là, dans la salle à manger un œillet poivré, tombé du doux corsage. Il crut à un coup de désir et prit à tâche de soigner son mal en suivant la méthode qui ne l'avait jamais déçu : causer, chez la vieille amie Félicia, avec une jeune personne ressemblant aussi exactement que possible à la femme convoitée. Le désir, loin de s'apaiser, s'irrita. Voici Lœuf écrivant à la baronne, lui téléphonant. Elle ne répond pas aux lettres. Sa voix prodigue des amabilités, des promesses de visites à son vieil ami. Les promesses ne sont pas tenues. Lœuf, mordu par la jalousie, se résout à consulter Torineau. Les recherches n'apportent rien. Et le sénateur, ressaisi par l'espoir, écrit derechef, téléphone encore sans plus de succès qu'auparavant. Soudain, Torineau rentre en scène. Un de ses limiers a noté que Cécile est descendue de voiture trois fois en une semaine devant la même maison. La semaine suivante, quatre fois. Elle fréquente chez un petit gendelettre, un certain Lionel, y reste des heures, et redescend avec une coiffure qui n'est pas exactement la même qu'à l'arrivée.

— Ah! ce Lionel! Un de ces réformés approximatifs... un faux cardiaque, un rhumatisant à la manque. Et cet autre, avec son fait nouveau!...

... Le sénateur se recompose une attitude convenable. Le bruit de l'antichambre annonce le père Couchard, dit Coucouche, qui apparaît, joyeux :

— Ah! ben! mon vieux!...

— Qu' c' qu'y a?

— 'Ton petit sergent a bien travaillé. Ton rapport, après séjour aux armées, a la grosse cote. Tout le monde en parle là-bas! Veux-tu mon opinion? Si Clemenceau la quitte quelque jour, elle est pour toi la présidence de la Commission de l'armée, seulement...

Le dévoué secrétaire achève sa phrase entre ses dents.

— Seulement? sollicite mollement Lœuf.

— Seulement faudrait que tu t'en donnes la peine. Or, j'ose dire que tu n'y es plus !

Le sénateur contrefait le sourd.

— Si tu as un gros embêtement, conseille Couchard, pourquoi ne pas me mettre au courant ? Est-ce que la confiance ne règne plus ?

Lœuf, brusquement, tend un siège à son vieux camarade.

— Ecoute-moi. Tu m'écoutes ! Oui ? Je vais t'avouer une chose... Si, dans quelque temps d'ici, un mois, six semaines, je n'obtiens pas ce que je désire, ou bien si quelque chose ne m'est pas sorti de la tête...

Il montre son cœur :

— Et de là... alors, mon ami, c'est fini, c'est réglé. Plus de Commission, plus de Sénat. Je démissionne, tu m'entends, oui, moi, Lœuf, je f... le camp, je me retire à la campagne et pas chez mes électeurs, le plus loin possible de mon département et de Paris.

Couchard ricane :

— *O rus, quando te aspiciam ? Ubi campi ?* La petite maison ! Volets verts ! Poules et lapins ! Le « réduit obscur » de Jean-Jacques. Le jardin de Candide !

— Tu y es ! Et tu verras si je tiens parole !

Le père Coucouche reçoit un coup sourd dans la poitrine. Lœuf parti, il faudrait renoncer à mener cette existence, fatigante, mais qui est depuis si longtemps celle de Couchard. Lœuf, qui s'était mis à marcher de long en large, s'arrête et, ému :

— Pour toi, tu n'as pas à t'en faire! Te préoccupe pas! Je te caserai, le cas échéant, et gentiment. Et tu viendras me voir. On ira à la pêche...

— On ne prendra pas de poisson et on ne ratera pas le bon froid aux reins. Merci. A mon tour de parler. Tu es un gosse. Si, au lieu de te morfondre, de t'égarer dans la sentimentalité — mon pauvre vieux! — tu t'occupais un peu, cela te changerait les idées, ça te ferait un bien énorme. Et, si tu songeais à ta situation, à l'améliorer... oui, c'est entendu, le point de vue pécuniaire te laisse froid... mais je veux parler du prestige. Grimper quelques échelons de plus ne te nuirait pas pour ce qui te tourmente si fort... Une femme se dit que des sénateurs, il y en a des tas... Président de la Commission de l'armée, c'est différent. C'est une légume, ce n'est plus un Luxembourgeois quelconque. Ça se sollicite. On est content d'avoir ça dans ses relations!

Lœuf qui a repris sa promenade d'ours en cage ne quinque mot. Couchard s'obstine :

— Je sais que si tu rendais ton écharpe, tu ne me laisserais pas tomber comme une vieille chaussette. Tu es un copain davantage qu'un patron. tu me creuserais un trou confortable dans un fromage de choix. Je suis tranquille! La question n'est pas là! Je serais désolé de voir une carrière comme la tienne s'interrompre ainsi, bêtement. Autre chose : nous n'abusons pas du trémolo entre nous. Alors, je puis te rappeler qu'il y a la guerre, que chacun doit rester à son poste. Le moment est mal choisi pour plaquer... Au surplus, ah! non! la retraite rustique, le coin champêtre, je ne t'y accorde pas trois jours. Crever d'ennui, ou...

Le discoureur cligne de l'œil et ménage ses effets. Il s'est rendu compte que les trucs oratoires prennent aussi facilement sur ceux qui les vendent que sur leurs auditeurs les moins blasés.

— Ou...?

— Ou de jalousie. Après trois jours de bêchage, de sarclage et d'étude des manuels où l'on apprend à soigner la basse-cour, tu demanderais l'heure des trains pour Paris, et tu reviendrais ici, tu voudrais la revoir. Et voilà les bêtises qui recommencent! Ne proteste pas. Toi comme les autres. Il n'y a ni âge, ni intelligence qui tienne là-devant!

Le point sensible est trouvé. Lœuf hoche la tête.

— Ça, je commence à m'en douter! Ah! mon vieux Coucouche! mon petit Coucouche! Quelle vie! En arriver là, moi, moi!

Coucouche a repris l'avantage. Il s'éponge les tempes et s'octroie en récompense de ses efforts l'autorisation de bourrer sa pipe.

— Cette visite! Si j'avais su... Ce que je l'aurais étouffée, la carte, ou mise en morceaux dans la corbeille.

— Elle serait revenue. Et ça serait revenu au même.

— C'est possible, ce n'est pas certain! Admets qu'elle soit allée chez un autre. Chez Luitaize de la Moselle, par exemple...

Lœuf chancelle. La pensée de Luitaize de la Moselle, libertin hypocrite et papelard, reluquant la nuque blanche de Cécile, fixant sur la gorge adorable ses petits yeux gris lui est insupportable. Couchard allume sa bouffarde :

— Tu es malade!

Puis, simulant la résignation :

— Je ne sais rien, en définitive. Moi à qui tu ne cachais quoi que ce fût, moi ton confident, je deviens un étranger.

— Es-tu bête !

— Tu appelles cela de la bêtise ? Faut croire que la clairvoyance a changé de nom. Depuis ce déjeuner, et cet œillet que tu as mis à sécher dans le budget de 1904 — je l'ai vu, oui, je l'ai vu ! — tu es distant, quelquefois bourru ou d'une amitié bruyante qui me choque. Ainsi...

La détresse du père conscrit est mûre pour les aveux. Il installe son secrétaire dans son propre fauteuil, va pour s'asseoir sur une chaise à côté. Au moment d'entreprendre la confession, il se ravise :

— Je t'expliquerai une autre fois ! J'ai besoin de faire un tour, de prendre l'air. Je vais me payer un bon dîner, du Bourgogne, m'étourdir. A demain, vieille noix, je te laisse aux affaires.

Couchard ouvre sa serviette.

— Attends. Il faut que je te consulte. Nous avons reçu deux lettres...

— Débrouille-toi. Réponds oui, réponds non, tu as carte blanche. Tu imites ma signature, dicte, signe, vas-y !

Et Lœuf se sauve. Son alter ego se croise les bras sur la serviette ouverte.

— A ce degré-là ! ronchonne-t-il. Ça dépasse les bornes !

Il se souvient de l'alexandrin de Ponsard :
« Quand la borne est franchie, il n'est plus de
limites », et la tristesse l'envahit.

— Si je savais... Une autre mission aux Armées? Je tâcherai de combiner ça demain au
Sénat.

Pour chasser la fumée, Couchard entr'ouvre
la fenêtre. De l'étage en-dessous, monte une voix
de contralto qui chante :

... Ah! messieurs, vous n'le nierez pas,
Qu'elle soit brun', châtain ou bien blonde,
La femme, ell' fait l'bonheur,
La femme, ell' fait l'bonheur,
Ell' fait l'bonheur du monde!

— Qu'est-ce qu'on attend pour être heureux? se demande mentalement Couchard.

XV

Thérèse la congédiée a trouvé un refuge chez la baronne. Un refuge et une place. « Vous vous plaignez souvent d'avoir trop de travail, a-t-on dit à Mariette, Thérèse vous aidera. » Or, Mariette ne récriminait que par habitude ou devoir professionnel. Son orgueil a décliné l'aide offerte. Mariette donna ses huit jours et s'est vouée à tourner des obus, suivant le vœu récemment exprimé de M. Charles Humbert.

C'est Thérèse qui porte le déjeuner dans la chambre de Cécile. La baronne froisse les journaux sans les regarder et, comme la fille se dispose à laisser Madame à son courrier, Madame la retient. Ainsi, chaque matin, l'histoire du ménage de Viargues se précise, anecdote par anecdote. Thérèse, entrée chez Jeanne peu de temps avant le départ pour la guerre n'a pas de souvenirs personnels de la chambre à coucher. Mais on l'a documentée à l'office.

— Madame sait-elle que, le premier mois de leur mariage, elle et lui...

Cette intimité en laquelle Cécile veut entrer toujours plus avant se dévoile, s'orne des cent détails dont les ragots domestiques l'ont parée. Souvent, la pudeur arrête Thérèse. La baronne, alors, frémissant de curiosité, a des : « Allez donc, voyons, n'ayez pas peur », qui triomphent des hésitations. Et les petits cadeaux entretiennent le zèle à conter.

— Ah! Thérèse! Vous ne pouvez pas savoir à quel point tout ce que vous m'apprenez me détache de lui.

Cécile ment. Devenue moins amoureuse de Georges que de l'amour, elle lisait distraitement les pneumatiques. Elle s'était surprise à ouvrir certaines lettres avant le petit bleu. Si les nouvelles tardaient à venir, la baronne ne marquait plus qu'une anxiété relative. Le feu s'éteignait. Les soupirs de Thérèse, narrant les circonstances de son renvoi, ont soufflé sur les cendres. Pour rudimentaire que soit la psychologie de M. Torineau, elle ne s'est pas complètement trompée. La concurrence, cette âme du commerce, est le démon des convoitises féminines. L'épître virulente par quoi l'imagination du policier corsait l'intrigue n'a pas été envoyée, mais, c'est précisément le silence de Jeanne — et ici se découvre l'erreur commise par M. Torineau —- qui irrita la baronne. Ce mépris ne la classait-il pas au rang des rivales sans importance? Aux motifs d'orgueil s'ajoute l'aiguillon d'une fièvre malsaine. Les récits de la nouvelle femme de chambre suggèrent un Georges moins lointain, plus familier. Les confidences d'alcôve provoquent un trouble nouveau.

Par surcroît, Cécile devient moins sûre de Lionel. Elle s'étonne de la transformation, qu'elle constate plus rapide à chaque entretien, de ce jouvenceau fervent, câlin, attentif, en un compagnon de jeu, tantôt maussade, tantôt espiègle! Elle n'a point assez d'expérience pour soupçonner les roueries par quoi les femmes habiles retiennent les très jeunes gens. La fougueuse petite baronne s'est donnée trop vite. Maîtresse souriante, exacte, elle vient quand son amant l'appelle. Elle ignore l'art de se faire attendre et celui de se refuser. Elle va jusqu'à solliciter et c'est l'autre qui se dérobe, ergote, taquine, emploie des ruses de courtisane, invente des empêchements.

— Ziki.

Lionel interroge des yeux.

— Vous n'êtes plus du tout le même, Ziki, je t'assure !

— Et vous, plus la même, Cile. Vous devenez...

Il caresse d'une main furtive les épaules nues et poursuit :

— Plus exigeante ! Vraiment. Très.

— Trop ?

La fatuité du jeune homme se récrie. Son regard dément ses protestations. Elle songe : « Est-ce vraiment de la lassitude ? Ou m'est-il moins attaché ?... » Elle ne se doute pas que poser la première question c'est poser la seconde. Elle veut savoir et projette de tenter l'essai classique, cet appel à la jalousie, réactif dont son instinct lui défend d'abuser.

— Mais il est d'une telle négligence aujourd'hui !

En attendant et, préparant ses transitions, elle allume une cigarette. Elle bavarde et fume avec une application, une gaucherie touchantes, en tendant les lèvres, en battant des cils. Ils ne se sont pas vus l'après-midi. Ils ont dîné tôt, près de la gare Saint-Lazare, et passent au lit la classique « soirée au théâtre » des couples illégaux. Lionel parle de sa journée, d'une visite à un camarade blessé et tous deux ont, pour échanger les termes techniques de chirurgie, cette indifférence de carabin que donne la fréquentation des hôpitaux et qui caractérise les Européens de 1915. Cécile se dit :

— On n'y pense pas assez à toutes ces horribles choses! Je comprends l'angoisse des mères, des femmes. Est-ce que je pourrais vivre si j'avais un mari, un mari exposé... Rien qu'à imaginer...

Sa voix cherche des inflexions tendres.

— Ainsi, par exemple, si mon Ziki était dans cette mêlée... Quand on voit l'inquiétude folle de cette pauvre Jeanne...

Lionel acquiesce.

— Oui, ton amie.

— Mon amie. oui. C'est à la cause de qui je voulais intéresser Lœuf. Et ce monsieur qui m'a empêchée, reproche gentiment Cécile en pinçant l'oreille du jeune homme.

Le jeune homme ne donne pas la réplique. Ses yeux n'ont pas changé de couleur. Il rappelle avec sérénité qu'il a proposé à Cécile l'appui de la générale Dizier-Cazaly.

— Un bel appui! se récrie-t-elle. J'ai mes renseignements sur ta générale. Elle promet à n'importe qui, à tous les concierges des maisons où elle entre. Et tous ceux qu'elle a recommandés attendent encore. Non, pas ta générale, trésor. Je finirai bien par dénicher quelqu'un, une autre personne...

Et, la poitrine gonflée, elle ajoute, amèrement :

— ... Puisque tu ne veux pas que j'aille chez Lœuf.

Elle ne regarde pas Lionel. Elle attend une explosion de colère, des « Ah! non! pas chez ce Lœuf! Tu m'avais promis de ne pas retourner chez lui! Je te défends. » Lionel reste impassible et un secret dépit tenaille Cécile. Elle se penche, promène ses doigts dans les cheveux de Ziki et place un joli baiser, un savant baiser tout près des lèvres... Lionel accepte et ne rend pas.

— Dis donc, chérie?

— Chéri?

— Si on se levait?

— Ah?

— Qu'en penses-tu? On irait dans une boîte que je connais. Un meublé de la Madeleine où on organise de petits soupers. Il paraît qu'il y a des chambres où l'on danse le tango.

Il fredonne un motif de *Che mi amigo?* et conclut étourdiment — ou à dessein :

— Ça nous distrairait un peu!

La baronne se lève, majestueuse, et passe dans le salon où elle a quitté sa robe et son corset.

— Où vas-tu, crie-t-il du lit. Cile?

Elle ne répond pas. Il sort des draps, la rejoint, lui prend le bras.

— Qu'est-ce que ça signifie? Tu t'habilles?

Elle achève de tendre un bras, tourne un visage surpris.

— Mais oui, trésor. Ne m'as-tu pas dit que nous allions sortir.

— Parfait, parfait... Tu vas t'habiller, comme ça, tout de suite. Je me demandais si tu étais fâchée

— Moi? Quelle idée! Quel gosse tu fais!

Ziki l'embrasse et court au cabinet de toilette. Il n'a pas vu le sourire de Cécile s'effacer bien vite. Il ne se doute pas que c'est avec un visage hostile, de brusques mouvements de colère, que la dame se renferme en son armure, tire sur ses jarretelles, reprend sa robe.

— Es-tu bientôt prête?

Elle retrouve un ton enjoué pour crier « Oui ».
Il réplique « Je viens » d'une voix si franche qu'elle
n'hésite plus. Elle a été, ce soir, la corvée pour
ce garçon. Il eut, tout à l'heure, pour aller à ses
habits, le bondissement joyeux du lycéen aux fins
de classe. Il emplit allégrement son étui de fumeur,
jette son pyjama avec une sorte de dégoût : « C'est
fini, songe la baronne. Ce soir, il me propose de
sortir avec lui. La prochaine fois, il m'invitera à
partir seule! » Elle se révolte. « Un enfant! Quel
mal élevé. Etre traitée de la sorte! Ah! non, tout
de même, non! »

— On va?

— Je te suis.

—Tu verras, dit-il en endossant son pardessus,
il est très amusant l'endroit où je te mène. Ils
savent cuisiner un tas de petits plats bizarres,
rigolos, des entremets exotiques. Ils ont du kum-
mel de premier ordre et la clientèle n'est pas ce
qu'il y a de moins drôle. Et puis, le tango, l'attrait
du clandestin. Je suis sûr que tu seras enragée pour
y retourner!

Cécile reste muette. Il la dévisage avec un rien
d'anxiété.. Elle sourit. Ils descendent l'escalier
en silence. Comme ils sortent de la maison, un
taxi passe :

— Chauffeur !

Lionel va indiquer l'adresse. Cécile murmure :

— Ecoute, Ziki. Je voudrais passer chez moi d'abord, 18, rue de Médicis.

— Il répète au chauffeur l'adresse de la baronne. Il s'étonne. C'est la première fois qu'il accompagne son amie jusqu'à l'immeuble où elle habite. Quand ils sont installés et que la voiture est mise en marche :

— Pourquoi veux-tu aller chez toi ?

— Pour me coucher, répond Cécile paisiblement. Pour me coucher et dormir.

Lionel sursaute et la regarde, effaré.

— C'est une blague ? Fais-moi le plaisir de me dire ce qui te prend...

— Une envie bien naturelle. L'envie de rentrer chez moi.

— Il relève un strapontin d'un coup de pied rageur. Il plante ses yeux dans les yeux de sa compagne. Elle, nullement intimidée, explique :

— Premièrement, on ne danse pas le tango, c'est la guerre. Ensuite, vous avez, vous l'avouez, le désir de vous distraire. Je comprends très bien cette envie. Il paraît que ma présence ne la satisfait pas. Moi, je m'estime suffisamment distraite pour aujourd'hui. Alors, voilà ! Je rentre, mon cher, je vous laisse à vos distractions.

Il se lance dans des discours filandreux qui n'ont jamais sauvé une situation de ce genre. Elle éprouve le besoin de morigéner.

— J'ignore le genre et l'éducation des... personnes que vous receviez avant moi. Je regrette de ne pouvoir accepter ce qu'elles toléraient sans doute.

Il ouvre la bouche.

— Ne protestez pas !... Vous êtes jeune, très jeune, fait-elle avec une mimique et un accent indulgents de vieille dame.

Lionel hausse les épaules. Cécile attend. S'il veut parler en maître, la rudoyer, lui imposer silence, s'il commande au chauffeur de reprendre le chemin en sens inverse, elle ne saura que subir sa rage et rentrer avec lui. Mais, décidément, Lionel est fatigué. Il marmonne sous son chapeau, elle ne sait quelle phrase dont elle perçoit quelques mots : « insupportable... dissimulation... aussi bien élevé qu'elle ». L'auto, au bruit d'invraisemblables râles de moteur, grimpe le boulevard Saint-Michel. Encore un double virage.

— Me voici chez moi. Bonsoir. Et amusez-vous bien.

La voiture s'arrête. Lionel s'est découvert.

— Cécile, ce n'est pas sérieux...

— Au revoir. Adieu, plutôt.

— Ce n'est pas sérieux, Cécile.

Il la retient. Elle se dégage, descend, traverse le trottoir, sonne. La lourde porte vient de l'avaler...

XVI

Couchard se promit : « J'irai demain. » Il ne tarda point à se persuader qu'il ne faut jamais remettre au lendemain ce que l'on peut faire — non la veille, comme le dit si improprement la sagesse commune — mais le jour même. Il sauta dans une voiture et, de la voiture, chez le questeur Sauvelcup.

Sauveloup est un vieillard menu, propret, qui nourrit une double haine : celle des femmes et des militaires de la cavalerie. Il est le fils d'une Dieppoise ardente qui abandonna ses enfants pour suivre un lieutenant de hussards. Sa propre femme le trompa sans aucune retenue et des innombrables complices de la traîtresse la mémoire de Sauveloup n'en veut garder qu'un, certain sous-officier de dragons. Le rapport de Couchard fut entendu avec une gravité soucieuse. Le lendemain, Sauveloup s'arrangeait afin de rencontrer Lœuf, le confessait, obtenait l'envoi de son collègue en mission et mandait Couchard.

— Ahurissant, ricana-t-il, pitoyable!... Essayons de tirer ce malheureux de là! Il va filer, c'est un premier résultat, un succès. Quant à cette machine (il en coûte trop au misogyne de prononcer le mot : femme) si elle essaie une fois de plus de sauver son bonhomme et qu'elle retourne chez Lœuf, voilà ce que vous allez lui dire et ce que vous ferez.

Sauveloup, avocat normand, aime la chicane et les combinaisons tortueuses. Aussi Coucouche fut-il surpris de la simplicité du moyen qu'il conseilla. Il revint au logis de son patron-camarade, et, celui-ci parti, attendit impatiemment cette même dame à l'œillet qu'il souhaitait ne plus revoir la semaine précédente. Lorsqu'une voix au téléphone dit qu'elle était la voix de la baronne Michereau, il frémit de crainte et d'espoir, se garda de faire vibrer son timbre masculin. Consentirait-elle à venir chez Lœuf, Lœuf absent? En enfonçant son mouchoir dans le cornet, il héla la dactylographe.

— Emma, répondez... Tenez, prenez l'appareil.

Il prit le second récepteur au crochet fixe, dicta des lèvres. La jeune fille répondit :

— Parfaitement, Madame... Mais oui, Madame. Monsieur le sénateur sera chez lui, cet après-midi, et vous recevra.

La conversation finie, Emma reprocha :

— Oh! monsieur! Comment va-t-on en sortir? Quand elle va savoir que vous avez dit un mensonge.

— Le mensonge, ce n'est pas moi qui l'ai dit, c'est vous, répliqua Couchard, avec le plus beau calme. Je dois être au courant des déplacements d'Athanase, moi! Vous, c'est différent. Et ne vous tourmentez pas. Nous sommes à un tournant de notre histoire privée, ma petia. Un tournant dangereux. Le patron e.. malade. Je tâche à être son médecin. En quelques mots, je vais vous exposer la situation.

*
* *

Cécile ne proteste pas trop lorsque Couchard, souriant, s'excuse d'une réponse inexacte : « Cette enfant le croyait à Paris, n'est-ce pas... » Mais, elle veut se retirer. Elle reviendra quand le sénateur sera de retour. Mme Deroy, la mère de la baronne, répétait que mieux vaut avoir affaire au bon Dieu qu'à ses saints. Cécile cingle du dicton maternel le secrétaire qui proteste :

— Je suis trop faible théologien, Madame, pour apprécier si ce que vous avancez est fondé. En politique, en matière de recommandations, votre opinion n'est pas heureuse. Vous connaissez Tallemant, Voltaire et les mémorialistes? Ils vous certifieront qu'un gratte-papier détient souvent plus d'influence qu'un ministre.

— Les temps sont changés!

— Les temps, oui. Les hommes sont restés les mêmes.

La baronne se rassoit. Elle balance. Elle comptait venger sa déconvenue en froissant Couchard. Il ne se déconcerte pas. Son sourire, ses reparties nettes décèlent quelqu'un.

— Le saint, si je puis dire, est au courant. Il sait la raison qui vous a conduite ici.

— Voyez-vous ça? murmure Cécile ironique et incrédule.

— Il s'agit du mari d'une amie à recommander. Ce monsieur est officier. Sa femme désirerait qu'on le nommât à Paris.

— C'est exact. Comment?...

— Donnez-moi le nom, je vous prie, madame, et les renseignements utiles.

Devenue docile, elle répond aux questions. La précision qu'on exige d'elle la dispose favorablement.

— Alors, vous estimez, monsieur, que la chose serait possible?

L'espoir illumine le visage de Cécile et la rend si belle et si désirable que le bureaucrate rassis en est remué : « Mâtin, songe-t-il, ça serait à excuser la folie d'Athanase. » L'ensemble des séductions qui émanent de ces traits charmants, de ce jeune corps, de ce tendre désir, envoûterait le Sauveloup le plus obstiné. Couchard se contient et, hésitant :

— Possible! Ecoutez, il y aurait une solution au problème que vous posez.

Cécile, attentive, rapproche sa chaise.

— Une solution intermédiaire.

— Ah?

— Lœuf connaît intimement le général de la Brouhagne, le gouverneur de Soizé-sur-Arnoize. Et le général a besoin d'un officier d'ordonnance. A défaut de Paris, peu accessible, Soizé constituerait un pis-aller, n'est-ce pas votre avis, madame? C'est gentil, Soizé. C'est à quarante-cinq kilomètres des lignes, hors de portée de l'artillerie. Par-ci, par-là, des taubes y laissent choir trois ou quatre bombes. Mais, à Paris, depuis que l'on a dû délivrer si hâtivement tant de permis de conduire, il y a les autos, et, tout bien pesé, danger pour danger...

La baronne n'est pas en veine de plaisanter. Elle coupe sèchement.

— M. Lœuf, monsieur, m'avait laissé une autre impression. Il n'avait pas fait mention, ajoute-t-elle, presque coléreuse, ni de ce général de la... je ne sais plus quoi, ni de ce Soizé-sur... Enfin, il m'avait à peu près promis Paris pour le mari de mon amie.

Elle est sincère. Elle ne se souvient plus des réticences du sénateur. Le père Coucouche ne se démonte pas. Il sait que la rudesse est parfois nécessaire et reprend, d'un ton rogue :

— Madame, permettez-moi de parler, s'il vous plaît. Votre amie tient-elle, oui ou non, à tirer son mari de la tranchée, à l'en tirer au plus tôt ?

— Assurément..,

— Dans ce cas, n'hésitez pas. Prenez Soizé-sur-Arnoise. La mutation que je vous propose s'effectuerait très vite... Une fois que ce M. de Viargues sera hors de danger, vous tireriez vos plans à tête reposée. Qu'en pensez-vous ?

Cécile est déconcertée. Elle avait tout prévu, hors cette offre intermédiaire. Pourtant, il faut qu'elle songe à jouer la scène suivant la logique de son rôle. D'une voix molle, elle approuve :

— Evidemment.

— Quel est le motif qui pourrait porter votre amie à hésiter. Serait-elle... jalouse?

— Cette chose-là, monsieur? s'étonne-t-elle en arborant la surprise hautaine des grandes dames du répertoire.

— Pardonnez-moi. C'est qu'il y a des femmes qui préfèrent savoir leurs maris en première ligne et continuellement exposés aux balles, aux obus, qu'au repos dans les villes de l'arrière et exposés à...

Couchard laisse à un clin d'œil égrillard le soin de désigner les dangers que redoutent les épouses.

— Car vous savez aussi bien que moi ce qu'il en est. Au début, les entrevues étaient nombreuses. Aujourd'hui, il est très difficile, pour ne pas dire impossible, en raison de récentes, d'impérieuses circulaires, oui, très difficile aux femmes légitimes de rejoindre leurs maris. Tandis que, côté maîtresses, la sévérité est moindre, cela va de soi. La difficulté aussi, bien entendu. Au bout du compte...

Il n'achève pas tant il est certain d'avoir touché juste. Les joues de Cécile ont changé de couleur.

— Vous croyez qu'une femme qui ne serait pas... la femme de...

Elle est inconsciente de ses gestes. Elle tire précipitamment son mouchoir de son sac, le pétrit.

— Je crois. Je connais des exemples. Je vous les citerais au besoin.

Le cœur de la jeune femme bat à grands coups. Un soupir la déleste de son émotion. Posément :

— Non, monsieur, rassurez-vous. Mon amie n'est pas jalouse.

Elle prend un temps, soucieuse de ne point paraître accepter trop vite. Avec une moue qui signifie : « Ce n'est pas l'idéal, mais en attendant mieux », elle décide :

— Entendu, pour Soizé-sur-Arnoise !

— Vous ne consultez pas votre amie ?

— Non, inutile, elle m'approuvera. Dans combien de temps, monsieur, pensez-vous que M. de Viargues sera nommé ?

— Mettons une grande quinzaine.

— Quinze jours !

Elle se récrie si fort que l'autre lève les bras au ciel.

— Ah ! Voilà bien où l'on vous retrouve, toutes, tant que vous êtes ! Tout à l'heure, vous le piétiniez, ce pauvre Soizé ! Et maintenant, vous trouvez étonnant que votre... que le mari de cette dame n'y coure pas ce soir!

La baronne est résolue à monter jusqu'au faîte de l'hypocrisie.

— Si vous saviez l'angoisse de la pauvre femme!

— Je sais, dit Couchard, toutes les angoisses de toutes les pauvres femmes. N'empêche qu'il faut ce qu'il faut!

Cécile est debout.

—- Madame, je vais entreprendre les démarches sans plus attendre. Comptez sur moi!

Il répète plusieurs fois « Comptez sur moi! » machinalement, occupé qu'il est, fasciné par cette exquise blonde que le bonheur a transfigurée. Elle respire plus amplement et le mouvement de la jeune gorge sous le fichu de dentelles un peu chiffonné est un charme. Le secrétaire ne lasse pas non plus de regarder les mains qui ferment le sac, les doigts fins qui s'enfoncent dans le chevreau des gants.

— Je vous remercie, monsieur...

— Couchard, s'excuse-t-il. Ce n'est pas moi qui l'ai choisi!

— C'est le nom d'un homme d'esprit... que j'ai bien ennuyé! Comment saurai-je, monsieur Couchard, si vos tentatives ont abouti?

— Je vous téléphonerai, madame. J'ai votre numéro.

Il reconduit la baronne, referme la porte, attend quelques secondes. Le bruit des pas légers décroît dans l'escalier. Alors, en quatre bonds, il regagne son bureau, appelle :

— Emma !

Une frimousse curieuse apparaît.

— Monsieur Couchard ?

— Emma, ma fille, nous avons cause gagnée.

— Cette dame ?

— Cette dame, oui. La dame des pensées. La grrrande passion du seigneur de ces lieux. Elle n'est plus dans nos murs pour bien longtemps ! Quand notre vieux Lœu-Lœuf reprendra le chemin de l'urbe que l'on vocite Paname...

Il joint ses pouces, agite ses mains comme des ailes.

— Envolée !

Il a bien joué. Il est content de lui. Il convient, néanmoins, de rendre un hommage à l'instigateur de la tactique :

— Sauveloup connaît son monde. Je ne me repens pas de l'avoir consulté.

Puis, saisi de pitié :

— Mais, quel pauvre sire! Garder les idées qu'il a quand on rencontre à tous les coins de la ville d'aussi mignonnes enfants... Et celle-là les éclipse toutes!... Qu'est-ce que je bafouille? Ne vous affolez pas, ma petite Emma! Je ne prends pas feu, je ne suis pas le patron. Amenez-vous avec votre block-notes. C'est pour la lettre à La Brouhagne. Ah! il ne veut plus s'occuper de rien. Ah! tu me donnes carte blanche et la signature!... Vous y êtes?

— En tête : Mon général?

— Non, écrivez : Mon vieux. Ça le flattera davantage.

XVII

Le matin qui suivit son nocturne et brusque retour rue de Médicis, Cécile s'attendait à recevoir une lettre du jeune homme au taxi, une longue prière où le tendre Ziki ferait oublier le désinvolte Lionel. Rien ne vint ce matin-là et rien ne vint de toute la journée. Ni le lendemain, ni le sur-lendemain n'apportèrent le moindre mot.

Alors, la baronne Michereau affirma dans son esprit un soupçon qui froissait son orgueil : Lionel avait assez d'elle. Ce gamin qui jurait un amour sans limites quinze jours auparavant avait besoin d'une autre poupée. Ce jaloux furieux devenait un indifférent. Il la lâchait. Il révélait le dédain que manifestait l'académicien, son bon maître, quand l'aspirante au Conservatoire se rajustait sur le canapé des entretiens.

— Michel, Lionel et cet aviateur... Oh! cet aviateur!

Et Cécile s'adressait d'amères reproches. A cause de Georges, elle avait trompé Georges. Elle avait roulé de la couche de l'escroc sur le lit-divan du galant secrétaire et n'oubliait pas les draps douteux du quartier Monceau, l'aventure dégradante, le soldat qui, son appétit calmé, lançait des couplets de caserne, gratifiait sa conquête d'une claque amicale : « Eh ben! la petite mère? Ça ne gaze pas? »

La délaissée se résolut à une démarche qu'elle exigeait d'elle-même, prompte, définitive. Il fallait retourner chez Lœuf. Lœuf obtiendrait le retour de Georges. Il fallait qu'il l'obtînt!

Maintenant, assise dans son petit salon, faisant passer et repasser dans sa tête les impressions gardées de la visite de l'avant-veille et les paroles de Couchard, la baronne s'émerveille. Il est donc sur le front une ville que Georges peut habiter, une ville interdite à Jeanne et permise à Cécile?

— Comment n'ai-je pas deviné?... Si j'avais su plus tôt!

Elle imagine un décor provincial. Dans la librairie-tabac, l'épicier-liquoriste et le café-cinéma, défi-

lent des soldats poilus, boueux, tels que l'*Illustra-
tion* les campe, des officiers sveltes en bleu nattier
taché de cuir roux... Ce jeune lieutenant dont la
silhouette se distingue parmi les autres a un sursaut. Il s'émeut de ce que s'approche une ravis-
sante Parisienne. Il pâlit. Il a reconnu Cécile...
Un dîner, tête à tête, une chambre discrète où le
beau guerrier, négligemment, bouscule de son képi
le portrait-album de Jeanne de Viargues... Cécile
chasse la vision de la main.

— N'anticipons pas !

Malgré ce rappel à la prudence, elle songe au
voyage, aux préparatifs.

— Il faut que j'aille dans ma chambre.

Et Cécile entreprend une méditation sur les
tiroirs ouverts. Il est loin déjà l'après-midi où la
zélatrice vint l'ennuyer. Et, depuis, la collection
de la baronne s'est enrichie. Voici toutes les folies
de naguère mêlées aux « créations » d'hier. Cette
chemise à la gorge demi-chaste, copiée sur le chiton
dorien de la jeune Spartiate, c'est une « nouveauté » de guerre. Nouveauté de guerre aussi, ce
peignoir hypocrite qui ferme dans le dos et qui
s'ouvre sur le seul caprice d'une agrafe !

— Non ?... Une visite ?

Madame ne reçoit pas. Cécile tend l'oreille. Serait-ce un nouvel essai de Cosaille?

La porte du salon s'ouvre. Cette rumeur de voix masculine? Thérèse accourt en réprimant une forte envie de rire.

— Un monsieur, Madame. Un monsieur avec un bouquet.

— Un bouquet? Jeune, ce monsieur?

— Non, madame. On peut même dire vieux.

La baronne cherche. Des mots passent sur ses lèvres : « Des fleurs? Un vieux? Quel est l'imbécile? » Elle se courrouce :

— A-t-on idée? Vous n'auriez pas dû introduire! Qu'est-ce que j'avais recommandé?

— Il m'a répété que sûr, sûr, Madame le recevrait. Il a un drôle d'air... Il me poussait. Je n'ai pas pu l'empêcher...

Cécile, de ses yeux au plafond, atteste le ciel de la bêtise de la femme de chambre et le prie d'évaluer la corvée.

— C'est bon. Une seconde...

Elle ordonne sa coiffure à doigts pressés et se risque au salon. Au salon, debout, un monsieur attend, que Cécile ne peut nommer tout d'abord. Il est à contre-jour. Une partie de son corps et la moitié de son visage sont cachées par une énorme gerbe, tubéreuses et jacinthes, une gerbe bourgeoise de baptême périgourdin ou de fiançailles aveyronnaises.

— Madame... Chère amie...

— Monsieur Lœuf !

C'est le sénateur.

A peine arrivait-il aux gares de la zone des armées qu'une nostalgie terrible s'emparait du missionnaire civil. D'étranges cauchemars agitaient sa première nuit. Sous la bénédiction de Torineau, mauvais prêtre narquois, une Cécile luxurieuse se pâmait aux bras de Lionel, s'échappait afin de courir, en Messaline, les bouges du quartier de la Chapelle. La fête se terminait dans le bureau de Lœuf. Vêtu en calife des *Mille Nuits et Une Nuit*, Sauveloup étreignait la baronne, tandis qu'au chant d'une mandoline grattée par un Couchard oriental, le cordon-bleu Octavie, dépliant ses torchons de cuisine, stimulait le couple impudique de la danse de Salomé. Le réveil dissipait les images grotesques mais le rêve se prolongeait en inquiétudes. Si bien que Lœuf, se déclarait malade, reprenait le train pour Paris. Il croyait pressentir des trouvailles navrantes. L'agence de renseignements découvrait sans doute des garçonnières où Cécile menait ses désirs. Du train, il se hâtait vers la maison du détective, s'effondrait en face de l'homme qui préparait les révélations désespérantes...

Or, M. Torineau ne détenait rien que d'encourageant. Il n'apprenait pas à son client la tentative de la dame auprès de Couchard pour l'excellente raison qu'il l'ignorait lui-même. Il s'était borné à la surveillance des visites chez Lionel et pressentait la rupture. La baronne délaissait l'écrivaillon; elle achetait une conduite. Et, la surprise joyeuse de son auditeur ouvrant une nouvelle voie à M. Torineau, ce dernier s'y engageait sans scrupules. Le marchand de soupçons connaissait son monde. Il n'estimait pas seulement qu'il est des vérités néfastes. Il savait, par expérience, que le mensonge consolant est parfois le bienvenu. Se souvenant du fâcheux accueil qu'avait trouvé la dénonciation de l'affaire de Viargues, il crut le moment choisi pour réparer sa gaffe et saisit l'occasion : on prêtait à la baronne Michereau d'étranges desseins. Les avait-elle? Cet incident des pneumatiques? Une fadaise! Lœuf buvait les paroles, sentait un bonheur ineffable l'exalter. La tendresse réagissait avec toute la force que lui donnait le tourment des heures précédentes. Une confiance aveugle naissait tout à coup, imposait au sénateur un projet décisif, le poussait du coiffeur chez la manucure

et de là chez lui, à l'heure où déjeunait le père
Coucouche dont les questions importunes parais-
saient inévitables au cas d'une rencontre. Le sénateur changeait en grand'hâte de linge et de vêtements. Il tuait quelques heures dans un café, mandait son chauffeur, passait chez un fleuriste...

... La baronne prend machinalement le bouquet.
Elle s'aperçoit que le visiteur est en redingote, une
redingote ouverte qui laisse voir une large chaîne
d'or. Et il a des gants blancs.

— Mais, asseyez-vous! Je vous en prie.

Une bergère craque. Balbutiant, éperdu, il se
lance :

— Chère amie, je viens vous dire. Ma hardiesse
vous surprendra...

— Je vous croyais aux Armées.

Le trouble du pauvre homme est tel que Cécile
en éprouve de la gêne.

— J'y étais hier encore. J'en suis... j'en suis
revenu.

Elle s'apitoie.

— Je vois bien. Qu'avez-vous, cher ami? Seriez-vous souffrant?

Un silence. Lœuf se ressaisit, bombe le torse
comme s'il allait se jeter en avant et déclare d'une
voix grave :

— Je vous aime et je viens vous demander votre main.

Cécile a un soubresaut.

— Vous voudriez?

— Je ne suis plus jeune, chère amie. C'est être bien osé... Votre âge, votre beauté vous feraient envisager d'autres conquêtes. Mais soyez sûre que jamais sincérité plus grande, jamais cœur plus loyalement, fermement épris...

Il retrouve quelques bribes de la harangue qu'il forge depuis si longtemps. Il les assemble. Elle est ahurie. Elle se pincerait volontiers le bras pour ne pas douter de ce qu'elle entend. Les sentiments luttent en elle. Et la fierté de cet hommage inattendu est bien faible contre la peur du voyage manqué.

— Toute ma vie, le souci des plus petits souhaits que vous formeriez...

Il est simple de refuser. Reste à savoir si Lœuf aura la déception courtoise, s'il ne ruinera pas le plan de Soizé. Elle songe :

— Quinze jours, mettons trois semaines? En atermoyant.

La péroraison se déroule : « ... Et c'est pourquoi, chère amie — ah! permettez-moi de dire

Cécile ! — ces modestes fleurs sont venues vous apporter mon amour. »

Cécile fixe son sourire le plus engageant.

— Les fleurs sont très jolies et l'aveu me touche beaucoup ! Vous admettrez, toutefois... Je ne me doutais pas...

— Vraiment ?

— Je vous jure !

Elle rougit, elle est embarrassée. Lui s'agite.

— Je vous en conjure, mon amie. Votre réponse...

— Mon cher ami, cette demande m'honore. J'ai de votre caractère une estime réelle. Voulez-vous me laisser... quelque temps pour la réflexion ?

Il grimace d'anxiété douloureuse. Il retombe dans sa frayeur du début, s'enquiert :

— Je vais être très indiscret. Peut-être avez-vous... ?

Il craint d'achever. Cécile a compris. Elle dit paisiblement :

— Non, je n'ai pas... Je suis libre.

Lœuf n'est qu'à demi rassuré. Il sait que les femmes sont imperturbables lorsqu'il s'agit des mensonges de bienséance.

— Laissez-moi vous dire, Cécile. Je ne peux

plus! Plus vivre sans vous!... A présent, je sais. Vous êtes toute ma vie.

Il se mouche avec un fracas qui émeut les statuettes d'une vitrine.

— Vous l'avez deviné. J'étais aux armées. Je n'ai pas pu y rester. Il fallait que je vous voie. Et je n'ai voulu voir personne avant vous. Je n'ai même pas pris une heure pour retrouver mon vieux Couchard...

— Donc, vous ne savez pas que j'ai été chez vous avant-hier?

Il tressaille sans qu'elle le remarque. Décidée à mettre le visiteur au courant, elle parle de Georges de Viargues, narre son entretien avec le secrétaire et n'en omet pas un détail. Une sourde fureur gronde en lui.

— Votre collaborateur craignait pour la vertu de M. de Viargues. Mon amie Jeanne ne pouvant aller à Soizé, il s'alarmait!

Le sénateur est outré de l'audace de cette femme; il maudit Torineau, il maudit Couchard, Georges et Cécile. Son exaspération ne le décourage pas : « Je la veux. Je combattrai. Il faut qu'elle soit à moi, elle sera ma femme! »

— Vous comprenez, se décide-t-elle enfin à murmurer, d'un ton enjoué qui est une perfection, si quelqu'un rend visite à M. de Viargues, ce sera moi. Par conséquent, rien à craindre!

Ses traits se parent du contentement de sainte Nitouche : « Coquine, rumine Lœuf, comme tu sais feindre! » Il fait observer, sèchement :

— Vous êtes jeune. Il est jeune.

— Deux amis d'enfance? Je vous en prie, vous n'allez pas supposer.

Lœuf n'ira pas plus avant aujourd'hui.

— Je vais vous laisser. N'oubliez pas que j'attends, avec quelle impatience.

Elle vient à lui, tout près de lui.

— Merci, mon ami. Laissez-moi... trois semaines, voulez-vous?

— Trois semaines!

— Vous estimez que c'est trop. Pour une décision d'une telle gravité?

Se moque-t-elle de lui? Il ne peut pas répondre. La colère et le désir le paralysent. Il finit par s'arracher un « Oui » étranglé, descend jusqu'à sa voiture comme un automate et se laisse choir sur les coussins de l'auto.

— A la maison.

Le chauffeur obéit et suit sa route en pensant à la petite amie qui l'attendra ce soir à un bistro de la rue d'Aboukir. Il ne se doute pas que son patron, ses yeux exorbités, les lèvres tremblantes, expectore un discours sans ordre où passent et repassent, chargés d'opprobre, ce crétin de policier, ce chameau de petite baronne. ce vieux traître de Coucouche et où revient, en motif obstiné, cette menace : « Ah! non! Ils ne m'auront pas! Ça ne se passera tout de même pas comme ça! »

XVIII

Ce restaurant où l'on vit toujours un personnel de quinquagénaires gourmés a gardé ses habitudes quiètes, son cérémonial du temps de paix. Il est désuet, mais chic. La lingerie de toute beauté, le service irréprochable, la cuisine soignée assurent une clientèle sérieuse, suivie.

— Une table pour monsieur le sénateur, commande le maître d'hôtel.

On installe Lœuf et Couchard près d'une fenêtre et, sans parler, du doigt sur la carte, Lœuf désigne les hors-d'œuvre, deux plats, un entremets, un dessert. Le père Coucouche a pris une marguerite dans le bouquet qui ombrage le moutardier et l'effeuille, sans but précis et sans se douter que ce manège procure une crise de gaîté à deux dames qui dînent dans le fond.

— Du Corton ou une bouteille de leur Nuits ? Il est jeunet, votre Nuits.

— Monsieur le sénateur le trouvera plus velouté. Il a gagné. Que monsieur le sénateur essaie!

— Essayons!

Lœuf étale sa serviette.

— Voilà! Je sais ce que tu manges. J'ai commandé pour toi. Ça te va?

Couchard fait signe que oui. Depuis qu'il a revu son patron, et surtout depuis qu'il le revoit aux lumières, il manifeste une surprise croissante.

— Comme tu es rentré brusquement. Et puis, je t'admire. Jamais tu ne t'es rasé aussi proprement que ça! Je ne te connaissais pas cette chemise... j'ignore le nom... gaufrée? Et cette redingote. Tu sens aussi bon qu'une courtisane. Il y avait une paire de gants blancs dans la poche de ton pardessus.

Lœuf ricane :

— C'est de l'espionnage!

— Et tes ongles! On dirait qu'ils sont vernis. Qu'est-ce que c'est que ce genre? Est-ce que?...

— Est-ce que?

— Non. Je ne puis tout de même pas pousser mes investigations jusque là!

Lœuf se dandine sur sa chaise, s'épanouit.

— Eh bien oui, mon cher. J'ai un béguin.

— Nous savons!

— Il sait!... Chut! chut! Pas la baronne! Tu as du retard! Ah! non... *Si vous croyez que je vais dire qui j'ose aimer...* Prends des hors-d'œuvre. Ces petits fœtus d'artichauts à la sauce moutarde, c'est épatant, je te les recommande!

Couchard est ahuri. L'affaire de la baronne est classée! Athanase a changé aussi rapidement d'ambitions sentimentales! Qu'est-ce qui le prend? Serait-ce que s'ouvre pour Lœuf cette période appelée « chant du cygne » par les physiologues? « Ça nous vaudra quelques mauvais mois. Et tout rentrera dans l'ordre. » Le secrétaire n'est pas fâché, au demeurant, de la tournure que prennent les choses. Il ne savait trop comment faire avaler son intervention, la lettre au général de la Brouhagne. Un ravier dans une main, une cuiller dans l'autre, il s'immobilise.

— Tous mes compliments. Mais, vrai, la baronne, fini?

— Fini!

Et Lœuf épelle ce participe ainsi que le veut l'usage.

— Pourquoi es-tu si préoccupé que cela?

— Parce qu'il faut que je te raconte. Ton ancienne a rappliqué avant-hier...

Couchard en arrive à la visite. Son récit comporte le même luxe de détails que celui fait par la jeune femme quelques heures auparavant. Le sénateur semble ravi. Coucouche ne peut voir sous la table une main qui se crispe, torture l'étoffe d'un pantalon. « Comme sur les roulettes ! » songe-t-il. Et il conclut, triomphant :

— Tu vois le truc. Elle emplit ses malles à l'heure qu'il est, je le parierais.

Lœuf murmure une pensée banale sur la dupli-cité des filles d'Eve. Son compagnon approuve :

— Ah ! oui ! Les cabotines ! Si tu avais assisté à cette comédie ! On ne fait pas mieux rue Riche-lieu. Entre nous, tu es content ? Je n'ai pas trahi tes intentions en jetant la baronne dans les bras de son officier ?

— Je trouve, objecte Lœuf, que tu as marché un peu vite. Tu ignorais mon but. Et si j'avais tenu à cette Cécile ?

Couchard, bravement, les yeux dans les yeux de son interlocuteur :

— Eh bien ! j'aurais marché quand même ! Car en persistant à te dessécher pour cette gosse, veux-tu que je te dise, Lœuf ? tu te détraquais le cibou-lot. Et moi, je ne laisserai pas ta carrière se briser !

Le père Coucouche a les coudes sur la nappe et fait osciller ses poings serrés, sa trogne écarlate.

— Mais ne t'emballe pas! Faut-il te traduire en espagnol que je ne te désapprouve pas!

L'entrée d'une énorme personne aux yeux bovins, outrageusement élégante, ouvrant un manteau pudique sur une robe généreuse, requiert un instant l'attention. Après quoi, Lœuf reprend :

— Je ne te désapprouve pas. Au contraire. Je saute sur l'occasion. Tu penses bien pourquoi? Cette poison me tenait la dragée haute. A mon tour.

— A ton tour? fait Couchard vaguement préoccupé.

— Tu vas me laisser le soin de mener toute cette affaire, décrète le sénateur, d'un ton qui ne souffre pas la discussion. Je correspondrai moi-même avec la Brouhagne et je préviendrai l'intéressée... quand je le jugerai utile.

— Rosse!

— Dent pour dent! Ces vaisseaux du désert en prennent trop à leur aise. Il faut se venger. Ça m'amusera. Mais ce qui m'amuse le plus, en ce moment, c'est mon intrigue. Si tu savais! Une danseuse, une fille exquise, aussi brune que la petite Michereau est blonde. Un grand corps mince, souple, qui a des grâces d'écharpe dénouée, des yeux veloutés, chauds...

— De la série cataloguée : Œil d'Andalouse.

— ... Et des jambes longues, musclées! Je la vois, ce soir, après le théâtre.

— De quel théâtre, cette merveille?

— Vous êtes trop curieux. Et tu trouverais encore un truc pour l'expédier dans la zone des armées. Allons, mange, si tu traînes autant sur l'entrecôte que sur cette malheureuse ole, nous serons encore ici au lever du soleil!

Lœuf regrette de n'avoir pas gardé sa voiture. Il se met en quête d'un taxi. Couchard serre la main qu'on lui tend distraitement et s'éloigne, à pied. Il marche vers la Seine, choisit un guichet du Louvre, traverse la place du Carrousel en constatant que le monument à Gambetta désole, afflige comme une pièce montée de mauvais goût au milieu d'un dessert magnifique. Le fleuve s'endort derrière le rideau déjà printanier des arbres. L'allure des passants dit aussi que la chère saison approche. Un rôdeur accoudé a ouvert sa veste au souffle tiède. Au ciel, qu'une récente averse a purifié, les étoiles tremblent. Laissant traîner son regard sur l'eau calme, battue de lumières, une jeune fille ralentit le pas. Couchard hâte le sien.

— Il est bien tard! Pourvu que je le trouve là-bas!

Il suit un dédale, s'arrête devant une allée. « C'est celle-ci? Une fruitière à gauche, une épicerie à droite », s'enfonce dans l'obscurité, se heurte contre une poubelle, bute contre des marches, tourne, enfile un corridor et parvient, avec la satisfaction secrète d'un conspirateur, au café de Pomone. Ou, du moins, au salon qui est l'annexe nocturne de cet établissement. La grande salle, où la pourvoyeuse des vergers fixe la caissière de ses yeux absents de statue, est close à cette heure. Les habitués n'ayant pu se résigner à vivre leurs soirées loin de Mme Buquit, des garçons Joseph et Ferdinand, des soucoupes à bords bleus et des journaux serrés par les planchettes, on ouvre pour eux, quand sonne l'instant de la fermeture, ce réduit aux ors déteints, aux banquettes moisies. Couchard ne s'attarde pas à observer les groupes où figurent un membre de l'Institut, orgueil de la numismatique, deux vieux rédacteurs aux Finances, des joueurs d'échecs, un philosophe poussiéreux et un quarteron de bouquinistes. Il va droit à la table où Sauveloup achève un « nature » et la revue des quotidiens.

Sauveloup se console des horreurs de la guerre

en se flattant d'un avenir qui satisfera ses haines. La cavalerie ne chargera pas. L'infanterie, qui souffre davantage, s'affirme la reine des batailles, aura la plus grosse part de gratitude. L'artillerie fournira des thèmes aux techniciens et le prestige auréole les aviateurs. La séduction des sabreurs a décru. D'autre part, si le misogyne déplore les hécatombes, il songe aux nombreuses filles condamnées à mourir sans amour et cette prévision n'est pas sans lui procurer une revanche. La femme sera bientôt facteur, employée d'administration, conducteur de tramways, et — qui sait? — vidangeuse; houspillée par de rogues supérieurs, martyre de la clientèle, elle deviendra hommasse, renfrognée. Ses mains se tanneront, s'épaissiront. Un cuir rude chaussera ses pieds. Et généralisant avec ivresse, le rêve de Sauveloup emplit la vaste cité de jupons tristes, de corsages dénués de grâce, et coiffe toutes les têtes à idées courtes de cheveux ternes en chignons plats.

Le salut de Couchard lui rappelle que les temps ne sont pas révolus encore, en remémorant Lœuf et les désirs honteux de Lœuf. Il grince :

— Ce n'est pas votre habitude d'être ici après le dîner?

A voix basse, le nouveau venu dit sa soirée, la

toilette de Lœuf et rapporte les propos que son patron a tenus.

— Votre idée? Après la baronne, une danseuse. La blonde, la brune. Je ne m'y reconnais plus. J'ai beau me dire que c'est passager, qu'il s'agit d'une turlutaine...

— Oui, oui...

— Je me demande où il va, où ça va nous mener? C'est embêtant!

Sauveloup lampe le reste de son café, pose la tasse vide et demeure immobile.

L'autre insiste :

— Il est parti. Il revient trois jours après. Il ne se soucie pas de son travail. Il met des chemises de gigolo. Il empeste le patchouli, la violette!

Le questeur branle la tête :

— Je ne suis pas loin d'estimer, mon ami, que nous avons commis un impair.

— Un impair? N'est-ce pas pour son bien tout ce que nous avons risqué?

— On se trompe. Tout ce qui vous a frappé pendant ce repas me porte à craindre que nous nous soyons trompés. Vous l'avez exhorté. Je l'ai secoué, et dur! Et le voici plus enragé qu'avant. Ne vous laissez pas prendre à cette fable d'une danseuse? Ça ne tient pas debout, c'est une échappatoire! Il allait chez l'autre ou il en venait. C'est clair. Nous avons raté le coche en lui faisant prendre le train. La solitude l'a exaspéré.

— C'est gai! Je quémandais un encouragement et vous me broyez du noir!

— Je regrette. Qu'est-ce que vous voulez? Je n'y puis rien. Nous n'y pouvons rien. Et je ne m'en mêle plus. Et si vous m'en croyez, vous abandonnerez l'affaire, vous aussi. Si on le pousse à bout, il l'empêchera d'aller à Soizé-sur-Arnoise.

— Oh! ça! Je m'y attends.

— Ou il ira l'y rejoindre. Et puis, quoi? Du scandale? Non, hein! Attention! Pour vous, pour moi, pour le Sénat... Croyez-m'en, laissons-le tranquille, ne nous en mêlons plus!... A propos, je ne vous ai pas demandé si vous désiriez prendre quelque chose?

La manière dont Sauveloup offre une consommation signifie : « Je suis poli, je connais les usages, mais vous devriez bien vous en aller. » Couchard ne se trompe pas, il interprète la phrase, remercie ironiquement et prend congé.

La nuit est moins claire. Le vent tasse les nuages. Il va pleuvoir. L'air a de soudaines et fausses douceurs. Appuyée contre la grille de St-Germain-des-Prés, une fille casquée de roux caresse de tendres paroles la bouche toute proche d'un garçon. Ils ne remarquent pas que le père Coucouche va passer près d'eux et commencent à fondre leur baiser au moment où il les voit le plus distinctement. Sur le boulevard, deux autres amants, bras dessus, bras dessous, cheminent avec lenteur et bavardent à voix haute.

— Elle était fiancée à Charles, elle le chantait sur les toits. Figure-toi qu'elle a su par un copain que Charles va se marier avec la fille d'une bouchère à Rouen dans la maison où qu'il loge.

— Et elle, avec cela qu'elle se gênait pour lui en faire porter à Charles!

— A propos de Clo...

Couchard poursuit sa route, prend les allées d'un jardin où la lune jette, selon le caprice des nuées rapides, des lueurs qui ôtent aux marbres les voiles de l'ombre. Une Vénus se dresse, si impérieusement belle que le passant retrouve des bribes de prière latine : « C'est toi, déesse, c'est toi qui gouvernes, seule, toutes choses! » Il a encore dans les oreilles le murmure du baiser qu'échangea le couple devant Saint-Germain-des-Prés : « *Necque fit lœtum, nec amabile quidquam!* »

— Cet Athanase! Cet Athanase!... Sauveloup a vu juste, parbleu. Il s'est f.... de moi. Une dan-

seuse! Je suis trop bête. C'était la Michereau!...
Les femmes, quel châtiment!

Mais Couchard qui a crié son nom au rideau
rouge du concierge se chuchote encore en montant
l'escalier les paroles adorantes de Lucrèce : « Et
rien ne se fait de joyeux sans toi. Et, sans toi, rien
ne se fait d'aimable! »

XIX

— Ma petite Thérèse, enlevez-moi mon chapeau.

— Oui, Madame.

— Tenez, prenez mon sac, mes gants. Je vais tomber sur ce canapé, fourbue !

Et Cécile s'affale, les bras détendus. Comme la femme de chambre va quitter la pièce :

— A-t-on téléphoné de chez M. Lœuf ?

— Non, madame.

Le front de la baronne s'assombrit. Aux quinze jours prévus par Couchard, une semaine s'est ajoutée et Georges n'est pas encore l'officier d'ordonnance du général de la Brouhagne. Lœuf mettrait-il des bâtons dans les roues ? Non, il ne ferait pas cela, il a promis, formellement promis, que M. de Viargues irait à Soizé-sur-Arnoise.

Tous les préparatifs de Cécile sont achevés. Le bottier, la modiste, le couturier, la lingère harcelés, pressés, menacés, ont livré toutes les commandes. Cécile, sur les guides, les cartes, a étudié minutieusement la région où elle va revoir Georges. Elle sait que l'église de Soizé présente une des premières tentatives gothiques, que le Musée municipal comporte une salle d'ornithologie très appréciée. Elle ira croquer à une confiserie de la rue Victor-Hugo une spécialité de bonbons qu'on appeplle des « rigolines ». Elle a choisi son hôtel, l'hôtel de l'Ecu « Ecrevisses de l'Arnoise », dit l'annonce.

— Comment se fait-il qu'il n'ait pas au moins téléphoné?

Depuis qu'il a présenté sa demande, le sénateur téléphone chaque jour. Il questionne à peine. Il attend sagement la décision de la baronne. Il se borne à chanter d'une voix ténue, un brin mélancolique : « On réfléchit toujours? Oui, répond Cécile, on réfléchit. » Et c'est tout. On en vient promptement à la mutation de Viargues. « Ce n'est pas arrivé. Ça ne tardera pas. — Bien vrai? — Je vous assure. » Et, invariablement, ces mots suivent qui procurent toujours le même plaisir hypocrite à celle qui les entend :

— Votre amie va-t-elle être heureuse!

Pauvre Lœuf! Cécile n'est pas parvenue encore à démêler les sentiments qu'a provoqués en elle cette invite inattendue au mariage. Elle éprouve de la pitié pour l'homme qui n'a jamais été séduisant et qui n'est plus jeune. Elle n'est pas sans considération pour le sénateur, l'ex-ministre : « C'est quelqu'un ! » Elle est agacée, légèrement humiliée aussi. Flattée, par surcroît, c'est indéniable. Petite fille et fille de bourgeois, elle entretient en elle le respect du pouvoir, l'horreur des situations fausses. La demande d'Athanase — il s'appelle Athanase ! — ne la déconcerte pleinement que lorsqu'elle se trouve en de certaines dispositions d'esprit. Quand s'évoque le souvenir de Michel, de sa force, d'une intimité violente. Aux minutes où elle se rappelle le Ziki des premiers rendez-vous, le cou frais de l'adolescent, ses jambes prestes et duvetées. Le pilote était impudique mais il s'avérait râblé. Le nom de Lœuf et l'état conjugal suggèrent un monsieur ridicule, aux chemises de papa, aux caleçons flottants sur les chevilles...

Thérèse a mis en ordre la chambre de Madame. Elle reparaît, les yeux brillants. Elle a la mine de quelqu'un qui apporte des nouvelles.

— Si Madame veut que je lui dise ?...

— Dites.

— J'ai vu Adhéaume, ce tantôt.

Cécile sait qui est Adhéaume. C'est le valet de

chambre de Monsieur, à l'hôtel de Viargues, un Poitevin cauteleux, à la touche de mauvais prêtre qui servait, avec dévouement, Georges célibataire. Le mariage de Georges lui a déplu. Adhéaume exècre Jeanne, la ridiculise, à l'office, de sobriquets ignobles, souhaite le divorce qui rendrait la liberté à Monsieur et lui donnerait la femme de ses rêves — des rêves d'Adhéaume.

— Il m'a glissé dans le tuyau de l'oreille... je ne sais pas si on doit le croire... qu'il y avait du bon !

La baronne qui brûle de savoir, se compose une attitude indifférente. Et, très maîtresse de maison :

— Qu'est-ce qu'il a, ce garçon? On a augmenté ses gages?

— Non. Oh! non! C'est parce qu'il pense que Madame... je parle de Mme de Viargues... on a toutes les raisons de croire que sa conduite...

La main de Thérèse tourne à l'imitation d'une marionnette.

— Non? s'exclame Cécile, ravie.

— On a des soupçons.

— Cela devient intéressant! Il y aurait de la brouille dans le ménage?

— Paraîtrait que depuis quelques jours, Madame est constamment dehors. Et puis il y a de ces choses. Avant le départ de Monsieur, Madame se soignait, comme de bien entendu. Il paraît que c'était presque comme chez Mme Sizallo, l'actrice où j'étais : des massages à la couverture, des bains à la tisane, des frictions, des laits pour le teint, des pâtes, enfin, quoi, des tas de trucs! Madame les continuait bien depuis la guerre, mais ce n'était plus ça tout de même. Y avait des jours où elle avait la flème... Et ça reprend pire que jamais! Avec cela, Madame ne se commandait quasiment rien. Elle disait : « C'est la guerre. Faut que tout le monde économise. » Maintenant on apporte des paquets, des cartons! Et c'est ci, et c'est ça. Antonin — le chauffeur — est tout le temps arrêté rue de la Paix.

La baronne ne songe plus à garder ses distances. Elle a pris instinctivement, pour se délecter de ces racontars, une pose abandonnée, les coudes aux genoux, les mains aux joues.

— Voyez-vous, cette dame irréprochable!

La femme de chambre s'est assise.

— Et votre Adhéaume n'a pas la moindre idée?

— La moindre idée? répond, en écho, Thérèse, pour qui les points doivent être placés sur les i.

— Le complice? Y a-t-il un monsieur?...
On n'a rien remarqué, vu personne?

— Ça non! On s'est demandé si Monsieur
n'allait pas revenir. Le mari de madame. Il
paraît que ce n'est pas possible.

Cécile a un léger ricanement de triomphe.

— Non. Non. Son mari? Rien à faire en ce
moment! Après tout, Paris ne manque pas
d'hommes. Et je me suis toujours méfiée de
cette fausse innocente!

Suit un couplet sur les femmes et la dissimulation pendant lequel la petite baronne oublie tout
sincèrement les nombreux péchés qu'elle a commis contre la franchise. Thérèse approuve, et le
gentil appartement de la rue de Médicis entend
un nouvel éreintement de Mme de Viargues.
Cécile est animée d'espoir. Jeanne trompant
Georges, c'est l'hypothèse, non, la certitude
d'une séparation que le divorce ne tarderait pas
à suivre. Une ombre au séduisant tableau :
Jeanne, mettant les torts de son côté, n'aura pas,
si George tombe dans les bras de la baronne, le
chagrin qu'eût subi une épouse aimante.

— Elle serait encore capable de crier que je
suis enchantée de prendre qui elle ne voulait
plus! dit à mi-voix Cécile qui se mord la langue,

la seconde d'après, craignant d'avoir parlé trop haut.

Par bonheur, Thérèse est sortie. Cécile se félicite d'avoir su gagner à sa cause une fille aussi précieuse. Il est urgent que Thérèse obtienne de nouveaux renseignements le lendemain coûte que coûte!

— Elle a envie d'une montre, je crois bien... Je lui donnerai de l'argent, elle se l'achètera. Et de l'argent pour faire boire cet Adhéaume.

Partir pour Soizé avec des certitudes, des dates, un nom, et si possible, des preuves, quel succès! Georges, devenir la femme de Georges! Cécile ne voit rien au delà. Elle ouvre ses fenêtres sur le Luxembourg frémissant de sa jeune verdure. Le trouble qu'apporte le renouveau et le désir, frère du trouble, désir de caresses, besoin d'être serrée par des bras forts, n'apaisent pas le remords de la baronne, ce regret d'avoir été, d'être encore une irrégulière. Des arguments de morale maternelle, des réminiscences de cathéchisme s'embusquent aux détours de la mémoire. Il faudrait pour les chasser, après un changement de milieu, de décor, il faudrait un mari. Alors, la jeune femme pourrait lever le front, toiser Lionel ou l'aviateur (ou Michel, l'existence ayant de si rares surprises) et répondre d'un regard hautain à un sourire de tendre souvenir.

— En attendant...

En attendant, le crépuscule épand ses molles douceurs. Les pigeons s'assemblent, s'envolent, tournoient. Le vent a des doigts légers qui frôlent la nuque, s'insinuent, jouent à effleurer les mains. Des gens s'abordent, regardent le ciel, montrent les jeunes pousses. On devine leurs paroles : « Qu'il a fait beau! Tout est en avance. » Ils échangent les banalités coutumières, et il n'en est point qui ne soit émouvante lorsqu'il s'agit d'avril. Le lierre tenace va se cramponner plus hardiment aux pierres de la vaste fontaine. Les bras se tendront plus amoureusement, ce soir. Cécile geint, tout bas. Une sensation de solitude lui fait mal, tout à coup lui paraît insupportable. Elle va dîner en face de son image. Elle prendra, son repas terminé, un livre qu'elle ne lira que des yeux. Le lit sera bien grand. Et tandis qu'elle demandera vainement le sommeil, il se peut qu'un homme l'appelle. Ziki dînait parfois seul à un petit restaurant de l'avenue de Villiers qu'il a nommé un jour et qu'il ne se souvient probablement pas d'avoir indiqué. Il est aisé de simuler la surprise. Peut-être serait-il heureux?...

— Je suis folle!

Et, Cécile saute en arrière, ferme brusquement la fenêtre. Mais il faut que quelqu'un subisse sa mauvaise humeur. Elle court à sa chambre, prend le cornet du téléphone.

— Allo... Gutenberg 49-611, s'il vous plaît.

Un grésillement. Quelques coups sourds dans l'oreille, puis le nasillement désagréable que la baronne traduit « Pas libre ». Cécile tue quatre minutes en changeant de chaussures. Elle troque une paire de « Richelieu marseillais » contre des souliers Charles IX. Décidément, ces brides, cela avantage le cou-de-pied.

— Je vais encore essayer... Le Gutenberg 49-611... oui, onze.

Cette fois, voici le « Allo » clair, caractéristique de la dactylographe et le son « de la part de qui ».

— Madame Michereau? Ne quittez pas, madame.

La basse chantante du sénateur vibre au bout d'un instant :

— C'est vous, chère amie. Que je suis heureux. Figurez-vous, je n'osais pas vous demander. Je pensais que chaque jour, c'était peut-être exagérer... Vous dites?

Le bras de Cécile danse. Jusqu'ici elle n'a pas avoué qu'elle trouve la mutation longue à venir. Elle précipite les reproches, aujourd'hui :

— Trois semaines! Et votre secrétaire qui m'avait parlé de quinze jours!... Oh! non! écoutez, mon cher ami, quand on se charge d'une affaire... C'est trop long! C'est...

D'une voix où perce de l'impatience, Lœuf interrompt le verbiage :

— Une minute, je vous prie. Gardez l'appareil. On me remet mon courrier et je reconnais sur une enveloppe l'écriture de la Brouhagne.

Une minute. Pour la vivre, Cécile est obligée de porter une main à sa poitrine. Il lui semble qu'elle aide son cœur à battre.

— Ne coupez pas, mademoiselle. Ne coupez pas. Nous causons... Voyons! ajoute-t-elle comme si cet impératif était de mise en pareil cas.

— Allo... c'est vous? Soyez heureuse. C'est fait.

— Ça y est?

— Ça y est! Il faut que je vous explique. Voulez-vous venir me voir demain?

Lœuf souhaite, au moins, la récompense d'un sourire. La baronne, radieuse, ne la lui refusera pas. Elle veut réentendre encore l'heureuse nouvelle :

— Alors, vraiment, M. de Viargues est nommé à Soizé?

— Il est nommé.

— Quelle chance! Et grand merci.

— A demain, chère amie. Je vous attends pour déjeuner.

— Impossible. Après-midi, ça vous va?

— Certainement!

Cécile saute de joie, bat des mains. Elle embrasserait Thérèse qui accourt, surprise.

— Thérèse, ma petite Thérèse, on vient de me transmettre une nouvelle! Un grand, grand plaisir! Je ne dîne pas, j'irai au restaurant. J'ai besoin de sortir. Vite, mon chapeau, le bleu, oui, mes gants, mon sac... Et mon manteau...

Cécile court à la fenêtre et rouvre au printemps.

XX

— Je dois avoir une de ces têtes!

Dans l'auto qui la mène chez Lœuf, Cécile vide sur sa jupe le contenu de son sac et interroge son miroir. Le visage aux yeux doucement battus dira-t-il que la baronne n'a pu garder son bonheur pour elle? Cécile avait besoin de caresses. Les joies trop violentes veulent être bercées, comme les gros chagrins. Hier, Cécile a couru au petit restaurant. Et un quart d'heure après, Lionel entrait. Elle laissait s'asseoir à sa table un Ziki que la longue séparation allumait de désirs.

— Je mène une vie, tout de même!

Le dîner achevé, ils retrouvaient la chambre où elle croyait bien ne revenir jamais, le lit-divan. Lionel s'empressait, inventait en la déshabillant mille cajoleries. Elle voyait renaître la ferveur de la première rencontre, du soir que Nubout les avait abandonnés à eux-mêmes. Elle s'émerveillait.

Mais la première flamme épuisait la sensualité, la tendresse du garçon. Il reprenait l'indifférence à peine courtoise de la nuit fatale. Puis, il devenait franchement maussade, bâillait sans retenue. Et, tandis que Lionel, resté dans ses draps, soufflait de la fumée, elle se rajustait en hâte et, seule, descendait l'escalier, courait à un fiacre.

— Il est temps que cela finisse !

Ces mots l'ont obsédée à son réveil. Et, maintenant, ses lèvres tendues pour que le bâton de rouge se promène, elle répète :

— Il est temps, grand temps ! Je ne sais vraiment pas où j'irais !

En fermant son sac, elle s'exhorte au calme. Cette existence dévergondée, c'est le passé. L'avenir prépare de telles compensations ! Encore quelques jours et Cécile sera contre la poitrine de Georges. Quant à Jeanne, il se confirme qu'elle oublie ses devoirs. Thérèse qui est allée aux renseignements, ce matin, a rapporté des précisions. Mme de Viargues fait ses malles. Et l'on assure, à l'office, que c'est pour le Midi. Qui peut-elle bien aller rejoindre là-bas ? Le banquier Bischwerein, son flirt d'avant-guerre ?

*
**

... Bischwerein ou cet homme très chauve et très élégant, ce constructeur d'aéroplanes qui la dévorait de ses yeux ronds?

Le banquier, l'industriel ou un autre. Il importe peu. Cécile est chez Lœuf et cette porte qui va s'ouvrir encadrera le porteur de la meilleure nouvelle qui ait été donnée depuis la guerre. La baronne songe que, dans les allégories, les bons messagers sont des êtres gracieux à la nudité rose ou ambrée. Alors que le père conscrit...

Une portière se lève et ce n'est pas Lœuf qui surgit. C'est la dactylographe, Mlle Emma, une faubourienne maigriotte et délurée, nippée à la mode de demain.

— M. Lœuf vous prie de l'attendre, Madame. Il est désolé. Il a été convoqué d'urgence chez un Ministre. Aux Finances, je crois.

Cécile se renfonce dans le fauteuil de cuir.

— Bien, je vous remercie, mademoiselle. J'attendrai.

La jeune fille, la tête inclinée sur l'épaule, propose avec une gentille moue :

— Voulez-vous venir dans mon petit cagibi,

madame? Jusqu'à ce que M. le sénateur arrive? Le salon d'attente va être plein de monde, ça ne va pas tarder.

— Si je vais avec vous...

— ...Vous passerez avant les autres, sans qu'on vous voie dans le bureau. Et vous pourrez causer avec le patron aussi longtemps que vous le voudrez.

L'offre est acceptée. Cécile s'installe près de la machine à écrire. Mlle Emma s'excuse :

— Vous permettez? C'est que c'est embêtant, ce rapport. Et il y en a long!

— Je vous en prie, ne vous gênez pas pour moi.

La dactylographe se remet à pianoter et la baronne regarde s'activer les doigts aux ongles taillés ras, danser sur le poignet un bracelet d'argent lourd de breloques qui tintent, trèfles à quatre feuilles, cochons porte-bonheur, gris-gris de bazar. Elle plaint cette malheureuse qui travaille sans entrain, fronce le sourcil, cette pauvre enfant, prétentieusement vêtue, dont la jeunesse sans éclat ne séduira peut-être personne.

— Ça doit se coller sur le dos tout ce que ça gagne!

Cécile ne cède à la pitié que pour se féliciter,

par contraste, de son propre sort. Elle trompe l'ennui en faisant le cher voyage en pensée. Elle se peint à elle-même au milieu de ses bagages. Elle est dans son compartiment, elle feuillette l'indicateur. Quelques stations encore. On crie : Soizé-sur-Arnoise et la baronne descend, présente son passeport au gendarme. Au fait, il faudrait qu'elle commençât à s'en occuper, de son passeport.

— Mademoiselle? Je vous demande pardon de vous interrompre...

— A votre disposition, madame.

— Quand on veut aller dans la zone des armées, quels sont les papiers à se procurer?

L'ombre d'un sourire malicieux passe sur le visage de Mlle Emma qui répond, fière d'être consultée :

— Mon Dieu, madame... C'est relativement difficile. Le mieux sera que vous en parliez à M. Lœuf et à M. Couchard.

Or, M. Couchard est sorti, lui aussi. Un bruit de clef à la porte d'entrée interrompt les commentaires de Mlle Emma qui se précipite :

— Non, ce n'est pas l'un de ces messieurs, c'est la cuisinière.

Et il faut que Cécile attende, attende. Cependant le salon d'attente s'emplit. Le papier pelure s'enroule sur la machine, se déroule au bruit métallique du clavier. A côté, des bruits de pas, un murmure de journaux dépliés et de voix étouffées, des grincements de chaises. De temps à autre, un coup de sonnette. Cette fois-ci c'est l'appel strident du téléphone. Mlle Emma se dérange à nouveau, multiplie les « Oui, monsieur le sénateur. Très bien. Parfaitement. C'est compris » et court, légère, à la pièce où les solliciteurs hargneux se dévisagent. La baronne perçoit un murmure auquel répondent d'autres murmures en mineur. Et la dactylographe regagne son cagibi.

— M. Lœuf ne va pas tarder à rentrer. C'est lui qui était à l'appareil.

— Ah! mais on dirait que tous les gens s'en vont. Qu'est-ce que cela signifie?

— C'est que M. Lœuf veut sans doute avoir une longue conversation avec vous, madame. Il m'a chargée de prévenir les raseurs qu'il ne repasserait pas chez lui aujourd'hui...

Mlle Emma secoue ses mèches brunes en achevant de régler son tabulateur.

— C'est dur à les déloger de leurs positions! Ce qu'ils s'incrustent! Surtout ceux qui sont les premiers à passer...

La petite baronne ne peut réprimer un sursaut d'énervement. Cette séance menace d'être assommante. Le sénateur, fort du service rendu, de ses bons offices, réitérera sa demande, se lamentera, exigera probablement une réponse définitive. Les trois semaines touchent à leur terme. Le moment sera mal choisi pour parler de quitter Paris, débattre cette question de fugue à Soizé.

— Après tout! pense cyniquement Cécile, maintenant que j'ai ce que je voulais...

Elle réfléchit. Elle s'arrangera, elle se procurera les papiers nécessaires ailleurs. Pourvu que Lœuf n'aille pas jusqu'à la faire épier! D'un mot au général de la Brouhagne, il peut annuler le résultat obtenu, renvoyer Georges aux tranchées. Une mortelle demi-heure se traîne au cliquetis des breloques de Mlle Emma, au tapotement, devenu agaçant au plus haut point, de cette machine à écrire...

— C'est lui! Madame, pour le coup, voici M. Lœuf...

C'est bien Lœuf, effectivement. Un Lœuf printanier. Il est coiffé d'un large chapeau de mousquetaire. Il arbore une cravate de foulard bleu à petits pois et s'éponge d'un mouchoir de soie.

— Asseyez-vous donc, chère amie. Je vous prie. Je suis à vous.

Il parle sèchement en ouvrant sa serviette sur son bureau, en fourrant, pour se donner une contenance, les paperasses de la poche gauche dans la poche droite et vice-versa.

— Eh bien, ma chère Cécile? Nous sommes contente?

— Oh! très contente.

— On peut dire que nous avons réussi!

La jeune femme, avec une grâce un peu figée, égrène le chapelet des remerciements. Lœuf semble ne pas entendre. Il dit encore :

— Oui, réussi! Et au delà de toute espérance comme vous allez le voir!... Votre amie, qu'est-ce qu'elle en pense, votre amie?

L'amie est enchantée, ravie. Cécile le jure bien haut.

— Naturellement, vous avez bondi chez elle dès que vous l'avez su? Ou plutôt vous avez téléphoné tout de suite?

Que cet homme est ennuyeux! La baronne bat sourdement des talons contre la moquette.

— Je lui ai téléphoné. Sitôt après que vous m'avez annoncé le succès.

— Elle doit être aux anges!... Aux anges! La

Brouhagne est content aussi! Tout le monde est content. Où est cette satanée lettre?

Il saccage ses tiroirs, ouvre des dossiers, compulse, feuillette, déchire des notes, lance des prospectus à côté du panier.

— Oui, La Brouhagne est satisfait. Il aime beaucoup votre jeune de Viargues.

— Que sera-ce lorsqu'il le connaîtra, fait Cécile en éclatant d'un rire forcé.

— Il le connaît déjà. Tenez, vous allez entendre. Je viens de remettre la main sur son machin... Voici ce qu'il me dit.

Il assure son lorgnon et articule lentement, ménageant ses effets :

— *Mon vieux Lœulœuf* — vous constatez le degré d'intimité où nous sommes! ... *tes désirs sont exaucés, ça n'a pas traîné autant que je l'aurais cru.*

— Pourtant, trois semaines, interrompt entre deux tons la baronne, choquée.

— Attendez. *Si je n'avais pas eu du boulot par-dessus la tête, je t'aurais écrit, depuis huit jours au moins, que ton protégé est à Soizé et que je suis on ne peut plus content de lui.*

— Comment, depuis huit jours? Vraiment, si j'avais su! lance étourdiment Cécile

Lœuf suspend sa lecture et darde plus haut que son lorgnon un regard où la tendresse ne rayonne précisément pas!

— Vous dites? Si vous aviez su? Il est rudement étonnant d'ailleurs que vous n'ayez pas su! Il n'est pas resté huit jours sans annoncer la nouvelle à sa femme, votre de Viargues! Par quel hasard sa femme ne vous a-t-elle pas remerciée plus tôt?

La baronne se sent devenir écarlate. Et comme son cœur est lourd!

— Il est parfois assez négligent, vous savez! Les hommes!...

— Enfin, passons! Je continue. *D'ailleurs bien que les règlements soient stricts et, en vertu des pouvoirs qui viennent de m'être conférés, oui, ma vieille* — vous voyez quels amis nous sommes, La Brouhagne et moi, ma chère Cécile — *je me suis empressé d'accorder une jolie faveur à cet enfant. Vu que c'est un très gentil ménage, sa femme et lui, paraît-il...*

Le sénateur s'interrompt à nouveau. Il voit une Cécile à la bouche entr'ouverte, aux yeux de convulsionnaire.

— C'est, en effet, un très gentil ménage. N'est-ce pas?

— Achevez! supplie une voix mourante.

—· *Je l'ai autorisé,* scande le sénateur, féroce, *à faire venir sa femme à Soizé...* Qu'est-ce qu'il y a?

Un petit cri. Cécile vient de tomber de son fauteuil.

— C'est à ce point-là? Evanouie? Peut-être morte? hurle Lœuf affolé... Emma! Octavie! Apportez du vinaigre! Du vinaigre, bon Dieu, vite. Ou des sels... Quelle brute je suis!... Octavie, une serviette mouillée. Cécile, ma chérie, mon amour... Ma Cécile!

XXI

Une pénombre où les yeux distinguent le pied d'un bon vieux lit d'acajou style Guizot, une tapisserie à fleurs, une immense gravure somptueusement encadrée : *Annibal passant les Alpes.*

— Où suis-je?

Cécile se passe les mains sur le front, sur les tempes qu'elle sent humides.

— Qu'est-ce que j'ai eu, mon Dieu!

Une silhouette s'estompe, grandit. Et Cécile reprend le fil. Elle se rappelle ses craintes, la lettre, la lecture de la lettre. Lœuf s'approche du lit où la baronne est étendue.

— Voyons, Cécile! Comment vous trouvez-vous, à présent?

La voix cherche des intonations affectueuses, mais reste autoritaire.

— C'est vous, mon ami. Qu'allez-vous penser?

Cécile, à tâtons, prend son mouchoir dans le sac, que tient encore son bras. Autour d'elle, flottent des relents de sel anglais, d'eau de Cologne.

— Je me suis évanouie. Et je me demande pourquoi. Ce que c'est bête! Suis-je restée longtemps... absente?

Lœuf a pris une chaise. Il s'assied au chevet et caressant la main qui ne se défend pas.

— Je n'ai pas chronométré, ma chérie. J'étais si... j'étais fou! Deux minutes... peut-être pas... Dites-moi.

Il avale avec effort, glisse un doigt entre son faux-col et sa pomme d'Adam.

— Dites : Vous l'aimez donc tant, tant que cela?

L'accent très doux qu'il a pris pour cette question remue Cécile qui se met à pleurer. Lœuf laisse d'abord couler les larmes. Enfin, il s'agite, murmure des : « Allons, allons! » tapote maladroitement le bras rond de la désolée.

— Il ne faut pas, mon petit... Ne vous faites pas de chagrin.

Elle s'essuie les paupières.

— Je... j'ai été dur, bredouille le sénateur. Cette nouvelle!... Vous l'annoncer de cette façon... Qu'est-ce qui m'a pris?... Je vous aime trop. J'étais exaspéré, j'étais... jaloux, vous l'admettrez ! Et puis, entre nous...

Il voudrait trouver une belle phrase. Il y renonce et lâche, simplement, tandis qu'un profond soupir lui détend la poitrine :

— Vous vous êtes vraiment trop f...ue de moi !

Elle est toute confuse. Elle ferme les yeux en simulant une lassitude accablante qu'elle n'éprouve point. Il se mord la moustache. Il se décide :

— Je sais tout, Cécile !

Elle a un soubresaut :

— Quoi? Vous savez tout? C'est à propos de M. de Viargues que vous me dites cela? Vous faites erreur mon ami. Je n'ai pas été sa maîtresse.

Il répond sèchement, sévèrement :

— Non. Pas la maîtresse de ce Georges de Viargues. Mais la maîtresse de ce joli monsieur qui a donné tant de tintouin à l'ambassade de Russie. Ce Proton, ce Protois, ce Kergégov, Kérézov... je ne me souviens plus. Et peu importe le nom ! Et aussi la maîtresse de ce petit jeunet, de ce gamin, le saute-ruisseau du romancier...

— Mon ami...

Lœuf s'est pris le front à deux mains. Elle est secouée de sanglots.

— Ne m'accablez pas ainsi. Ce n'est pas généreux !

Il n'écoute pas. Il en a trop gros sur le cœur.

— Je tiens à vous dire. Quand je vous ai demandé votre main, je ne savais que... l'écrivaillon, oui. L'histoire de Kergésov, Kergérov, il n'y a que dix jours... Pourtant, je n'ai pas renoncé. Mon amour pardonnait tout. J'ai dit « Bon. Passons l'éponge. Le passé est le passé... »

Quoique hors d'elle, angoissée, la baronne constate qu'il ignore l'aviateur.

— ... Mais, lorsque je suis venu chez vous et que je vous ai interrogée à... certain sujet, il fallait me répondre, en toute loyauté : « Mon cœur est pris ! »

Un long silence. Cécile a son mouchoir sur la figure. Lœuf, tête baissée, effleure ses genoux de chiquenaudes distraites. Il repart :

— Vous m'avez dit que vous étiez libre. Vous avez laissé les démarches en faveur de ce Georges suivre leur cours. Vous guettiez le moment. Vous vous disposiez à le rejoindre... Votre amie, di-

siez-vous, votre chère amie serait si heureuse...
Ah! la! la!

Il se croise les bras, il frappe du pied :

— Les désirs de la si chère amie, les coups de
téléphone à la si chère amie! J'en ai joué un rôle.
Ne protestez pas!... J'avais à choisir entre deux
partis. Etre votre dupe jusqu'au bout. Ou vous
jouer ce tour : réunir le mari et la femme. J'ai pris
le second. Au moins, si vous m'échappez, lui, ne
vous aura pas!

Sa bouche se contracte. Une douce main se
pose sur la sienne.

— Vous m'aimez donc tant que cela, mon
ami? Et je vous ai fait de la peine?

C'est lui maintenant qui pleure et Cécile le
console. Elle est remuée par cette douleur sincère,
instruite par ses épreuves aussi. La première angoisse a rendu à Jeanne, Georges qui ne faisait
que s'amuser d'un flirt. Michel convoitait l'argent.
Lionel, le joli corps. Il voulait savoir comment
s'animait la charmante poupée. Qui saura mieux
aimer Cécile que cet homme, au désespoir devant
elle? Elle se dit :

— Je n'ai plus que lui.

Elle murmure à son oreille :

— Vous me pardonnerez, vous m'oublierez.

Il n'a pas compris. Il se roidit. « C'est ridicule ! » Elle s'excuse encore. Dans un grand élan de confiance :

— Que voulez-vous ? J'étais femme. J'étais une femme comme les autres. J'ai eu des faiblesses. Où aurais-je trouvé de la tendresse, moi ? Vous connaissiez le baron. Etait-ce un mari ? Imaginez-vous que c'était gai pour moi ? Et même sans parler de gaîté, croyez-vous que c'était une vie ?

Il ne bouge pas. Elle se dresse, glisse du lit et, debout, refait le geste de porter sa main à son front.

— La tête me tourne... Que j'ai été sotte, stupide !

Lœuf sort de sa torpeur.

— Vous ne partirez pas ainsi. Octavie nous prépare du thé.

— Seriez-vous assez gentil pour me donner un peu de lumière ?

Docile, le sénateur ouvre la fenêtre, éclaire la pièce et Cécile se recoiffe. Elle constate que ni la syncope, ni les pleurs ne l'ont enlaidie. Le menton baissé, furtivement elle arrange sur sa gorge les dentelles de sa chemise, rectifie un pli de son corsage. Elle secoue sa jupe. Elle se demande si elle ouvrira sa boîte à poudre. Elle se décide, promène la houpette avec soin sur ses joues, se blanchit les paupières et, mouillant un doigt, reprend le dessin de ses sourcils blonds. Elle ne va pas jusqu'à user du bâton de rouge. Mais de ses dents elle ravive le carmin de sa bouche. Cependant, Lœuf marche de long en large en jetant sur la jeune femme des regards furtifs et sournois. Sa colère est tombée. Il est sombre. L'explication n'a rien donné.

— Que je suis stupide! Au lieu de vous laisser ici, j'aurais dû vous mener au cabinet de toilette. Vous vous y seriez... arrangée plus à votre aise.

Elle semble répondre « A quoi bon! » La mélancolie de son regard voudrait exprimer qu'elle a répudié toute coquetterie.

— C'est inutile.

Il la prend par la main.

— Ne restons pas dans cette chambre. Venez à la salle à manger, voulez-vous?

Octavie apporte le plateau et disparaît méprisante. Les rudes filles de sa terre natale méconnaissent les vapeurs, les évanouissements. Quand on tombe, en pays de la cuisinière, c'est du « haut mal » qui caractérise les épileptiques. Cécile et le sénateur ne prennent pas garde au dédain ancillaire. Ils s'assoient assez loin l'un de l'autre. Ils suivent leurs pensées.

— Léger ou fort?

Elle prendra son thé un peu fort. Il fait le maître de maison, tend le sucre, propose des gâteaux secs, avec l'ardeur qu'il mettrait à offrir son âme. Cécile remercie timidement et grignote, très mal à son aise. Elle revit avec ennui cet après-déjeuner où elle se targuait de ses recommandations à l'ambassade. L'horloge à pilastres dont le cadran ne tourne plus et qui est toujours à la même place, dans ce coin obscur, elle la fixait des yeux au moment où le sénateur révélait le coupable manège de Waïadiska et de Michel. Le dessin du tapis la gêne comme un témoin ironique.

— Alors, se décide Lœuf. Où en sommes-nous, Cécile?

Elle lève les mains, les laisse choir sur sa jupe.

— Où nous en sommes?

— Oui. Parlez-moi! supplie-t-il.

— Je ne sais quoi vous dire, mon ami. Où en sommes-nous? Je ne le sais pas. Ou plutôt, je le sais trop bien. Je suis une femme finie... Quelles joies voulez-vous que me procure l'existence, désormais? Mes aventures connues!... Il ne me reste... Je ne sais pas, moi... Que me reste-t-il?

Une nouvelle crise de larmes la secoue. Lui pousse en avant quelques mots de désolation.

— Vous me dites cela. Vous êtes bien bon. Mais vous-même? Vous aviez des intentions, et maintenant...

— Maintenant? épie Lœuf, congestionné, haletant.

— Vous seriez le premier à ne plus vouloir de la pauvre Cécile.

— Ma chérie?...

Il est tard. Ni le sénateur, ni la petite baronne n'ont souci de l'heure. La cravate de Lœuf est à moitié dénouée. Un grand nombre de mèches ne sont plus en ordre dans la coiffure de Cécile.

— Combien je vous aime!

Il ne peut se rassasier de porter les mignonnes mains à ses lèvres.

— Vous avez souffert, Athanase. Souffert par ma faute.

— Oublions tout ce qui est passé. C'est fini, fini!

La baronne voudrait oublier. La jalousie,

maintenant qu'elle a repris conscience, l'accable de piqûres cruelles. Elle pense à Georges, à Jeanne, à leur bonheur. Puis, elle médite avec effroi sur sa destinée. Et se persuade qu'il vaut mieux devenir Madame Lœuf que rester une coureuse de garçonnières, demeurer la dame que l'on traîne au tango clandestin lorsqu'on est las de la presser, la maîtresse humiliée qui remet ses bas pendant que son amant escompte une bonne nuit de sommeil solitaire.

— C'est convenu!... Et... dans combien de temps?

— Quand vous voudrez. Le plus tôt sera le meilleur.

Il l'embrasse, la serre avec exaltation, prodigue des « Merci! » enfantins. Il dénoue son étreinte, glisse quelques mots dans la conque d'une oreille rosée. Cécile le toise, très digne. Les fiançailles lui ont refait un orgueil tout neuf.

— Y pensez-vous, Athanase? Je rentre chez moi. Mes domestiques.

— C'est vrai, je n'y pensais plus. Ne m'en veuillez pas. C'est que...

Nouvel aveu, autres baisers. « Attendez, une minute », Lœuf s'en va et rapporte un écrin et en extrait une bague énorme, un confortable anneau de naguère où de solides griffes se crispent étroitement autour d'un brillant de grand prix.

— C'est la bague de maman, explique-t-il avec une émotion touchante. Il y a bien trente ans qu'elle est là, dans un tiroir. J'ai eu parfois envie d'en faire cadeau à une femme. J'ai toujours résisté. J'avais comme un pressentiment qu'un meilleur usage lui était destiné. Ce sera pour ma Cécile.

La petite baronne joue la confusion, charge son doigt du bijou, l'admire.

— N'est-ce pas, qu'elle est belle? dit Lœuf, orgueilleux.

Il ajoute, solennellement :

— Je suis certain que vous saurez... que vous la porterez avec honneur, ma Cécile! Et puis... et puis il faut me promettre que vous n'emporterez pas d'ici vos pensées sur ce... enfin, quoi! sur ce garçon. Celui de la lettre que je vous ai lue. Et que vous voudrez bien entourer d'un peu de camaraderie, d'amitié, le vieux fiancé. Plus bas, il achève :

— Le vieux mari!

Il l'a prise aux épaules. Elle sourit, s'efforçant d'ôter toute contrainte à ce sourire.

— J'ai déjà une grande affection pour vous, Athanase.

Il préférerait un peu d'amour à une grande affection. Mais lui aussi sourit de son mieux :

— A demain, ma chérie. J'irai vous voir. Après-midi.

— Je vous attendrai. A demain.

XXII

Isidore Nubout est d'excellente humeur.

Guéri, depuis la veille, d'une mauvaise grippe, il éprouve la douceur du printemps et, assis sur le bras robuste de son grand fauteuil Louis XIII, retrouvant l'arôme du tabac, il fume en ouvrant ses bouquins et sifflote joyeusement, quand il quitte sa cigarette. A l'ardeur qu'apporte le renouveau, Isidore associe chaque année la contemplation de vieilles images. La jolie saison est plus douce pour lui à se parer des beautés, des grâces que fixent les estampes.

— Ah! ce Lancret! Et cet Eisen! Quelle époque, mes pauvres diables d'aujourd'hui!

La dame en chemise laisse voir son sein gonflé au Gascon puni. La femme du barbon relève sa jupe sur son mollet cambré et plein. Le galant pousse le verrou, la bouche se tend, la gorge se durcit, les jambes ploient...

— Vous bouquinez, maître! Alors vous voici tout à fait rétabli.

Lionel qui vient d'entrer a poussé une exclamation joyeuse. Et l'académicien a plaisir à voir son secrétaire mettre dans la pièce ensoleillée une vivante, une émouvante image de jeunesse.

— Oui, je bouquine. Et c'est miraculeux ce que les femmes sont désirables dans les livres, sur les estampes! Tandis que la réalité, mon cher, peuh! la réalité, si elle est plus violemment attrayante — et nécessaire! — est moins aimable, de beaucoup! L'art a immobilisé le geste qui plaît. La nature qui n'a pas la diversité de l'art, n'a pas sa complaisance!

— C'est le cinéma, la nature...

— Vous allez trop loin!... Mais si nous parlons des femmes; il y a toujours quelque chose qui nous choque. La main, par exemple. Et le pied. Il n'y a que les gravures de Binet et les confidences de Restif qui évoquent de jolis petons!

Isidore, lyrique, dessine du pouce quelques lignes.

— Et, reprend-il, on ne sait plus chausser. Qu'est-ce que c'est que cette infâme botte d'aujourd'hui? De quoi ont-elles l'air avec ça? De cantinières, de cosaques. Où est cette canaille de petit soulier décolleté sur le bas à jour?

-— Vous êtes vieux jeu, maître! proteste Lionel qui chérit la mode du temps et garde ses préjugés.

— Vieux jeu? Le vieux jeu a du bon. Estimez-vous qu'il y a des tas de manières opportunes quand il est question du gouvernement des hommes et de toilette des femmes?

Isidore soupire et replace sur le rayon un veau plein aux armes, cette succulente édition des *Baisers*, de Dorat que, pour servir sa légende d'amateur, il prétend avoir acheté à bas prix sur les quais, mais qu'il a payée très cher dans une librairie cotée.

— A propos, mon petit Lionel? Hymen, hyménée... Gai, gai, marions-nous!

Lionel est interloqué. Il regarde le vieil écrivain dont le front se plisse et se brident les petits yeux.

— Hyménée? Je ne comprends pas, Maître. Je ne suis pas fiancé. Si j'étais fiancé, vous seriez le premier, mettons : un des premiers, à apprendre la nouvelle de ma bouche.

— Allons, jeune dissimulé, ne jouez pas l'étonnement. Il ne s'agit pas de vous. Et vous le savez bien!

Secouant la tête, Lionel jure qu'il ne devinera
pas :

— Bravo! Il est discret! Je vais être obligé de
vous mettre sur la voie. Je me rappelle certain
après-midi où j'eus une visite. Une Elodie. Une
fille dévouée qui avait du cœur à l'ouvrage, de
réelles dispositions pour le stoppage, l'entretien
des tapis, sans doute, mais aucune, ni pour la
scène, ni pour la chambre à coucher.

Nubout se carre dans son fauteuil et poursuit,
rêveur :

— Des qualités, malgré tout. Ce teint qu'on
appelle teint de camélia qui est d'une telle saveur
pendant la jeunesse et se violace à l'âge mûr, devient le teint d'aubergine. Des seins fermes, une
gorge de paysanne fraîche et une gaucherie à courir toute nue bien intéressante.

— Et c'est cette Elodie qui convole en justes
noces?

— Qu'allez-vous chercher? Non, non. Pardonnez-moi si je me suis égaré un instant. Et si
j'ai rappelé mes souvenirs avant de solliciter les
vôtres. Ce même jour d'Elodie, vint ici une dame
que je n'ai pas reçue, une mignonne petite femme.
Or, vous étiez dans les sombres plaisirs d'un cœur
mélancolique ou, comme on parle aujourd'hui,

avec cette élégance qui caractérise une époque, vous aviez le cafard. Et la seule rencontre de cette beauté, les hasards heureux de l'escalier, dissipèrent votre ennui.

Lionel voit venir. Un rayon frappe la vitrine des montres anciennes, enlumine une pochade flamande et Isidore, ragaillardi, se frotte les mains.

— Il faut faire quelque chose pour la jeunesse. Nous avons dîné à trois. Et, ma foi, cette créature de Dieu, je l'ai retrouvée si attirante, éclatante, il y avait une telle sorcellerie dans son regard, sur son corps, ses gestes disaient de si aimables choses, que, je vous l'avoue, je me suis repenti d'avoir placé un piège pour un autre que pour moi. Ça a dû souvent embêter le diable de n'être pas Faust! Je me suis calmé, mon cher, parce que j'ai supputé mes chances et qu'elles étaient maigres. Le passé littéraire, ça n'embellit qu'aux yeux des vieilles très riches et des jeunes fort besogneuses. Or, elle est dans la fleur de l'âge et ce pauvre Tutu lui a laissé des sous! Et puis, elle vous dégustait d'avance avec tant d'ingénuité, que je vous ai quitté la partie. Après quoi...

Il menace d'un poing débonnaire le jeune homme dont les joues rosissent un peu.

— Vous y êtes à présent? Ne me cachez plus que vous savez la nouvelle.

Sans sortir de son mutisme, Lionel s'obstine à ignorer. L'autre grommelle, se penche sur un canapé qui offre un beau désordre de journaux et y prend une feuille :

— ... Euh ... euh... Vie économique, petites nouvelles de l'étranger, renseignements mondains. Je lis : *On annonce les fiançailles de M. Athanase Lœuf, sénateur des Bouches-du-Tarn, ancien ministre, avec la baronne Michereau, née De Roy.* Ils ont mis Deroy en deux mots. Réellement, vous n'étiez pas au courant?

Le secrétaire nie toujours et ne change pas de couleur.

— Alors, cela vous est égal? Oui... Mon petit, fait le maître d'une voix grave et dépouillée de l'ironie coutumière, je craignais du chagrin. On est si bête à votre âge. Parfait! Vous êtes un gaillard!

Lentement, froidement, Lionel affirme qu'il n'y eut rien de commun entre la baronne Michereau et lui. Nubout marque de l'impatience :

— C'est très bien. Tout à fait bien. Vous tenez à ce que l'on apprécie votre discrétion, à ce que l'on vous dise que vous êtes un galant homme.

C'est fait ! Seulement, cette bonne fortune-là, c'était le secret de Polichinelle et on ne me raconte pas tout ce que l'on veut. Souffrez que je m'informe : Ça dure-t-il encore, cette histoire-là ?

Lionel hésite. Serait-il bienséant d'avouer ? Faut-il nier, persister à se dérober au risque de s'entendre reprocher un manque de confiance ?

— Vous ne répondez pas. Après tout, moi, vous savez... Je ne fais que m'acquitter d'une mission, une mission ridicule dont j'ai été plus ridicule de me charger... Ce matin, j'achevais de m'habiller, on annonce un monsieur. Je ne veux pas recevoir tout d'abord. En prenant sa carte, je me ravise. C'était un sénateur. Et je suis officier de la Légion d'honneur depuis dix ans. Et je ne vous cèle pas que j'ai une furieuse envie que la cravate me tombe sur le cou !

Lionel sort de son silence pour dire son étonnement. Le maître n'a-t-il pas des légions d'admiratrices influentes, toutes, prêtes à courir les antichambres, les salons, à s'entremettre afin de contenter son envie ? L'immortel n'est pas convaincu et, désabusé, rancunier :

— Ces dindes ? Vous vous moquez ? Elles datent de 1913, vos illusions ! Ce n'est pas l'épée à incrustations de nacre qui flatte en ce moment-ci, c'est le sabre. Un écrivain? Un artiste?... Un général, un colonel, à la bonne heure. Une vogue, oui. Passagère, je l'espère bien. Pour peu que la guerre se prolonge, on nous reviendra. Mais, je suis pressé, je tiens à ma cravate. Et si je ne vais pas mendier les appuis à domicile, je n'ai pas la sottise de les négliger quand ils viennent chez moi.

— Le sénateur Lœuf, abrège Lionel, a donc été reçu. Et bien reçu, Maître!

— Oui, continue Isidore, quoique j'aie dû lutter, de toutes les armes de ma sagesse et de ma patience, contre une formidable envie de rire. Ce vieux daim est complètement fou. Je me rends compte qu'il est grotesque d'être un vieillard libertin. Un vieillard amoureux, ça dépasse! En une phrase, voici : le père Lœuf sait que vous avez été, et se demande anxieusement si vous êtes encore l'amant de sa fiancée.

— Ce n'est pas possible! balbutie le jeune homme qui éprouve le besoin de s'asseoir.

— Cela est! En conséquence, il m'a supplié, mon enfant, de vous chapitrer, de vous faire la morale. Si vous aviez vu! Toutes les contorsions classiques des barbons, des Géliontes, des Bartholo, se sont succédé sur le visage de cet homme. Il a presque pleuré de tendresse. Il a failli se mettre en fureur vingt fois. Il était tellement pris, si vibrant que je l'aurais envié... mais à cet âge, fi!

Lionel ne sait quelle contenance garder. Il risque timidement, d'une voix enfantine :

— Et la morale de cette histoire, maître? Après celle que vous me ferez.

— Mon petit, j'ai modifié hardiment le tour de la conversation.. J'ai peint à larges touches, ma carrière d'écrivain, cité, un à un, mes trente-quatre volumes, parlé de mon respect pour les institutions républicaines sans négliger de rappeler mon fauteuil du quai. Il avait peut-être oublié que je suis de l'Académie. En achevant le *curriculum*, annonce de mon *Carnot l'organisateur*, œuvre éminemment patriotique, surgissant à point nommé au milieu des préoccupations actuelles de défense nationale. Et, allusion directe à mon macaron.

Nubout caresse la boutonnière de son pyjama où la rosette, heureusement, ne figure point.

— Ça y est! Le tour est joué. Il est convenu qu'à partir du jour où *Carnot l'organisateur* sera mis en vente, on fera un riche tam-tam autour de ce sympathique in-octavo. Et mes bustes auront licence de me montrer commandeur aux générations futures. Personnellement, ça va sans dire, je m'en bats l'œil; pour la postérité, c'est plus seyant.

Cet égoïsme agace l'auditeur qui interroge, non sans vivacité.

— Très bien, mon cher maître. Mais, qu'est-ce que je deviens, dans tout cela? Si l'on vous a laissé d'aussi belles promesses...

Nubout se redresse et fronce le sourcil. Lionel reprend, d'une voix moins dure :

— C'est en échange de quoi? Avez-vous disposé de moi, pris des engagements en mon nom?

— Ah! ça, vous divaguez? Des engagements? Non. Mais j'ai mis en avant une chose qui est. Un plaisir que je me proposais de vous causer, n'attendant qu'une occasion. Votre collaboration intelligente, sensible — et dévouée, le mérite bien.

Il penche le buste en avant, se gratte le menton, et, paternel :

— Qu'est-ce qu'on dirait d'un joli voyage? Nous filerions en Italie, tous les deux. Milan, Vérone, Venise, Florence, Rome!

Les cinq noms magiques donnent à Lionel cinq coups au cœur. Il pâlit de convoitise.

— Naturellement, je me charge de tous les frais. Nous partirons après-demain, courez boucler votre valise. Et bientôt nous verrons le Dôme, la Brera, la ville rouge de Juliette, celle des Doges et de Casanova, les jardins Boboli, la grande Sabine de ce Jean de Bologne qui était de Douai. Et vous en aurez, tourné comme vous l'êtes, de ces *ragazzine*, des brunes, des blondes, des rousses, des Titien, des Giorgione, voire des Hébert, toutes, on les retrouve toutes! Et ne me laissez pas céder davantage à mon enthousiasme où je vous mène jusqu'à Naples... Macaroni, signor, macaroni!

Isidore, grimaçant, imite les lazzaroni, le claquement nonchalant de leurs doigts. Lionel est debout, radieux :

— Maître, comment vous remercierai-je? Une chose pareille...

Une lueur rapide s'allume des yeux de l'académicien. Il attire le garçon près de lui. Il murmure :

— Je vous en prie, avouez! De vous à moi. Comme d'un petit-fils à son grand-papa. Est-ce que vous y tenez, à cette Cécile?

Lionel déclare qu'il n'y tient plus.

— C'était délicieux... Mais...

— Ingrat! C'est terminé?

— Terminé.

— Bah! c'est si commode l'ingratitude! Vous pouvez vous confesser. Je n'ai pas caché Lœuf dans un placard. Ça lui aurait peut-être convenu! Il est inquiet, il tremble. Il croit que c'est fini, lui aussi, mais il doute, il a peur. Est-ce que cela vous ennuierait beaucoup de tartiner à cette chaste fiancée quatre pages de rupture dignes, mesurées?... On dit que tu te maries... ça se chantait quand j'avais votre âge... en somme, une épître qui ne signifierait pas grand'chose pour la baronne, cette chère madame Tutu. Et que le sénateur apprécierait!... Et comment!

— Maître. Cette lettre... il en aurait connaissance?

— Oh! vous savez, s'écrie Nubout. Il n'a pas exigé ça! Il n'a rien exigé, il eût fait beau voir!... Néanmoins! Je connais les hommes. Et je n'ignore pas les femmes! Ça ne messiérait pas! Ça ne serait pas inutile!

Il se lève à son tour, demande une cigarette, peste contre son briquet, et conclut, avec bonhomie :

— Pas inutile. Au contraire. Ça restera dans les archives de Mme Athanase Lœuf comme un témoignage de votre liaison... Et puis, mon vieux, quand elle sera mariée, quand nous serons revenus de la terre de beauté, quand j'aurai ma cravate, qu'est-ce qui empêchera Cécile et Lionel d'avoir un goût de revenez-y?

XXIII

Il y a des paquets partout, il y a des fleurs partout. La plus grande malle est béante. Un nécessaire de voyage aligne ses flacons taillés.

— Thérèse, ma fille, nous reviendrons ranger
tout cela. Pour le moment, il faut que je songe à
m'habiller.

Cécile considère le désordre de la chambre, le
cabinet de toilette au pillage. Elle sort de son
peignoir.

— M'habiller. Me marier. Quitter cette rue
de Médicis.

La femme de chambre s'affaire et pense tout
haut. La robe de Madame est bien jolie! Le chapeau est réussi. La baronne répond : « Oui,
oui », et revoit une petite mariée blonde, tout de
blanc vêtue.

— Ça ne me fera pas le même effet aujour-
d'hui! se dit-elle. Cette toilette de ville... ces

quatre témoins qui seront distraits... Madame Lœuf!

Le sénateur avait osé timidement émettre la prétention de se contenter du mariage civil. Cécile s'était récriée. Après réflexion, le fiancé, négligeant sa posture de notoire anticlérical au Luxembourg, estima que si ses mandants pouvaient être choqués d'une union à l'église, les femmes des délégués ne pardonneraient sans doute pas que l'on oubliât le prêtre. D'ailleurs, la perspective de voir son vieil ami, Frondézon de la Basse-Caronne, en présence d'un écclésiastique dans l'exercice de son sacerdoce, avait séduit Lœuf au delà de l'imaginable.

Frondézon de la Basse-Garonne et le colonel Machavoille, cousin du marié, doivent assister Athanase. La baronne a choisi un sien cousin, le conseiller à la cour Moriteau et la femme de ce dernier. Tous deux ressortissaient à ces vagues relations de premier de l'an qui n'attendent qu'un événement pour être amenées à de sérieuses preuves d'amitié.

— Avez-vous mis de l'eau de Cologne dans la grande bouteille? Non. Si je ne vous l'ai pas recommandé dix fois!... Pas maintenant, quand je

...erai partie... Oui, donnez, dépêchons, nous piétinons, et je vais être en retard.

Un coup de sonnette. Thérèse va ouvrir. On avait chargé la cuisinière inoccupée de veiller à l'huis, mais cette femme, sentimentale à l'excès ne peut assister aux préparatifs d'un mariage sans verser d'abondantes larmes. Vêtue d'une somptueuse robe de soie, elle ne cesse de sangloter dans ses cuivres. Elle est inutilisable en de pareilles circonstances.

— C'est charmant des domestiques de cet acabit!... Ah! vous voilà, vous!

— C'est Monsieur, Madame, le futur de Madame, veux-je dire. Il a encore un bouquet.

La fiancée, énervée, hausse les épaules tandis que Thérèse achève de lui brosser les cheveux.

— Un bouquet! Aujourd'hui! A-t-on idée? Un bouquet comment?

— Des roses blanches et du lilas blanc.

— Une gerbe blanche? Je crois qu'il perd la tête. Est-ce qu'on est province à ce point là?... Non, voyons, je ne mets pas mon collier, Thérèse, je ne tiens pas à ressembler à une chanteuse de music-hall qui régularise. Laissez-moi, à présent, je finirai de me préparer sans vous. Allez-vous-en. Allez.

Cécile souhaite rester seule quelques instants. Les témoins ne tarderont pas à venir. Avec eux, commencera la série des amabilités obligatoires. Et la jeune femme veut un moment à elle pour dire adieu à sa chambre, cette chambre où, trois ans, elle a dormi, aimé le lointain Georges, où elle s'est reposée de Michel, a désiré Ziki et maudit l'aviateur. De telles impressions s'enchaînent de volupté, de tendresse que la baronne mord son mouchoir et sent de plus en plus troublée sa vocation à la carrière réparatrice d'épouse Lœuf. Au fond d'un vase de Saxe doit demeurer un chiffon, une pochette bleue qu'un soir d'août, en riant, une joueuse de tennis arracha à un joueur de tennis.

— Oui, elle y est.

Elle saisit le carré de soie, le défroisse, le froisse à nouveau, le jette.

— Il ne faut pas songer à tout cela. C'est fini. C'est fini.

Et Cécile s'enfuit devant ses souvenirs, ferme la porte comme pour leur défendre de quitter la pièce avec elle. Lœuf qui interroge toutes les glaces du salon, tend ses bras :

— C'est vous! Ah! que je suis heureux, ma chérie, ma Cécile!

Depuis que Lionel a notifié la rupture par une

lettre — Athanase fut averti secrètement de l'envoi — Lœuf ne soupçonne plus de rivaux. Il affecte des attitudes de jeune homme et son vêtement innove des hardiesses plus ou moins heureuses. C'est pourquoi l'œil de la baronne ne se promène pas sans angoisse de la tête aux pieds de son fiancé. Il n'y a rien à dire. La jaquette marengo est impeccable. Le pantalon à sombre damier fondu tombe bien et les bottines à bouton sont d'une agréable neutralité. Et la régate est bien nouée.

— Un seul détail. Si vous permettez!

— Allez-y!

— Mon ami, depuis la guerre, on ne met plus d'épingle de cravate.

Et, délibérément, Cécile cueille la perle. Le sénateur s'égaie. Bon nombre de petites femmes lui ont déjà fait le même coup. Devine-t-elle cette réminiscence? Elle tend l'épingle.

— Mettez-la dans votre portefeuille. Ou piquez-la à l'intérieur d'une poche... On sonne. Ce sont des témoins. Les vôtres ou les miens?

Ce sont les leurs. Le sénateur de la Basse-Garonne, le militaire en retraite, le conseiller à la cour et Mme Moriteau — comme énonce leur commune carte de visite — ont failli emboutir leurs autos devant l'immeuble. Cet incident les porte d'abord à se considérer de la manière la plus hostile; mais, se rencontrant à nouveau sur le même palier, ils ont deviné, se sont effacés courtoisement, et, avant qu'on les introduise, échangé déjà quelques sourires d'avant-garde. Cécile présente.

— Vous savez, dit Frondézon, que si nous ne voulons pas que ce malheureux maire attende trop!

Mme Moriteau, qui est fervente catholique a failli s'évanouir en entendant nommer le premier témoin de Lœuf, l'ennemi des congrégations, le séparatiste. Son visage revêt une expression horrifiée.

— En route? propose le fiancé.

Les deux dames et les quatre messieurs descendent l'escalier et montent en voiture avec un naturel d'une si parfaite application qu'ils provoquent la curiosité des passants. Les groupes se forment. Des midinettes traversent la chaussée en courant :

— Un mariage... Dis donc, Riette. Viens voir.

— Des fois?

— Je te dis que c'est une noce.

— Ces vieux ? Lequel qui va l'avoir cette gentille petite là ?

— Ç'ui-là !

— Ça fera un cornard de plus à mûrir pour quand les poilus reviendront.

Le bruit des moteurs a heureusement couvert la réplique. Voici la maison commune. Le maire, gros industriel, n'a pu se dispenser de conclure cet hymen d'un sénateur. Cependant, il se désole en songeant à ses affaires en retard, à son courrier qu'il n'a pas dicté, qui le réclamera ce soir et le privera d'un rendez-vous. Et c'est la première union qu'il célèbre. Il a un trac tel qu'il s'éponge le front toutes les dix secondes. Autre contretemps : Lœuf a prié, avant la cérémonie civile, qu'il n'y eût pas d'allocution et le maire regrette la harangue apprise par cœur et péniblement répétée trois soirs de suite devant le miroir triple de sa petite amie.

La seconde installation dans les voitures. L'église. Les voitures prises pour la troisième fois.

— Chez nous, maintenant ! dit Lœuf à sa femme. Ah ! ma Cécile, chez nous !

Mme Lœuf n'esquive pas un baiser, le premier baiser conjugal. Le mari croise ses jambes, les décroise, cherche un strapontin afin de se placer en

face de sa bien-aimée, n'en trouve pas, se plaint,
cherche son livret de famille, s'affolle, le brandit
enfin. Puis, un formidable élan de tendresse. Il va
étreindre...

— Athanase, voyons! Encore une rue à tourner et nous serons arrivés. Un peu de calme.

Lœuf voulait que le traditionnel dîner à six eut
lieu au restaurant. Cécile n'était pas du même
avis et l'on s'est rangé à celui qu'elle émettait. Il
était plus cordial de recevoir chez les nouveaux
mariés, dans l'appartement neuf et tout fraîche-
ment décoré du quartier Monceau. Les concierges ont leur moins antipathique grimace d'accueil.
Et les invités se récrient. On ne leur fait pas faire
le tour du locataire, car il ne sied pas de montrer
les chambres à coucher, la chambre nuptiale surtout, un jour comme celui-ci. Ils n'ont le loisir
d'admirer que les autres pièces et ne s'en privent
point. Leur esthétique mobilière n'a pas été très
poussée. Ils ne remarquent pas que le citronnier
de la salle à manger est trop clair, que le tapis
dos-de-puce « gueule » sous les rideaux, et que
ces lignes conviennent davantage à la campagne
qu'à Paris. Ils s'extasient en pénétrant dans le
grand salon, confondent Ruesener avec Boule,
prennent pour du Sèvres le bleu fouetté de Chine.

— Charmant... Tout à fait réussi!

La seule pièce qui soit bien, celle dévolue à Lœuf, bureau sobre à table empire patinée, à cabinet aux sévères Victoires de bronze, pièce habillée avec goût, n'obtient qu'un vague succès d'estime.

Le sénateur a tenu à offrir le porto dans son bureau, suivant une coutume de son département. Les invités ont lié conversation et presque sympathie. Tout à l'heure, en entrant à l'église, Frondézon s'est rappelé son enfance, le catéchisme, les jardins rustiques fleuris au mois de mai, les taloches vigoureusement distribuées par le curé de son village. Il a été attendri et saisi d'un tel sentiment de respect qu'il édifia la bonne Mme Moriteau. En tendant galamment, à la sortie, son doigt humecté d'eau bénite, il a achevé la conquête et l'on peut causer. Seul, le colonel Machavoille est distrait. Il fige sur ses lèvres un sourire aimable, mais ce sourire cache un étonnement qui va croissant. Le colonel a le préjugé de la noblesse, l'hystérie de la particule. Il n'est pas parvenu à comprendre pourquoi une baronne a pu laisser tomber son titre pour s'affubler d'un nom roturier. Il ne cesse de répéter mentalement :

— Baronne Michereau. Madame Athanase

Lœuf. Baronne Michereau. Ah! ça faisait tellement mieux!

— Vous saisissez, Monsieur, dit Frondézon à
Moriteau. Le Parlement à force d'être décrié
finit par devenir sympathique. Sympathique à la
masse, j'entends, car l'initié, l'élite ne lui a jamais marchandé son estime. Je ne vous ferai pas
l'injure de vous retracer l'incontestable utilité du
labeur des Commissions... Enfin, si nous abordons
le cas de l'artillerie lourde, pour ne citer qu'un
exemple...

Cécile hoche la tête, en mesure. Elle n'est pas
à la conversation. Sa pensée court bien loin d'ici,
et ne revient pas sans malaise à cet appartement
où Mme Lœuf a toutes les peines du monde à se
convaincre qu'elle n'est pas en visite. Mme Lœuf;
elle est Mme Lœuf! Il lui semble qu'elle voit,
dans une chambre de Soizé-sur-Arnoise, Jeanne
et Georges. Ils se tiennent debout. Jeanne, tournant le dos à Cécile, est dans les bras de Georges,
et Georges semble dire à Cécile : « C'est fini.
Plus d'espoir! » Mme Lœuf se demande, en gardant strictement son attitude de femme du monde,
si elle ne va pas, tout à coup, tomber de sa chaise.
Comme l'après-midi de la lecture de la lettre.
Mais, cette fois, ne plus s'évanouir, mourir!...

Le colonel Machavoille sort de sa torpeur. Il s'est assuré un trop grand nombre de fois que « Baronne Michereau » sonne et s'inscrit décidément avec une élégance supérieure et le jeu commence à lui paraître fastidieux. Il assure son monocle, et, coupant sans ambages le discours de Frondézon.

— Pardonnez-moi, mon cher sénateur. Il n'est pas admissible que se réalise ce que vous m'avez dit en voiture.

— Ce que je vous ai dit? Ah! oui! Vous le verrez, colonel, et d'ici très peu.

Le colonel a un haut-le-corps. Il prend d'un regard circulaire les trois autres témoins à témoin.

— Comment concilierez-vous?... Et les nécessités d'ordre stratégique?

— Colonel, Lœuf vous affirmerait la chose. Tiens, au fait, où est-il, Lœuf?

— A propos, que je suis étourdie! Il m'a chargée de l'excuser, fait Cécile. Je crois qu'il est dans sa chambre.

Frondézon se rassérène. On ne lui prendra pas cette nouvelle intervention oratoire.

— Suivez-moi bien, colonel? Il est des nécessités d'ordre familial —et j'irai même plus loin — des exigences vitales de la nation qui ne sont pas incompatibles avec la défense du territoire. Il s'agit, non seulement de ne pas laisser péricliter, mais de maintenir et de relever la natalité française.

Les Moriteau et Cécile sont intrigués.

— Pardon! lance Frondézon. Vous n'êtes pas au courant? Voici ce que je disais au Colonel, en revenant. La guerre se prolonge. Pensez donc : un an, bientôt. Alors, on va donner des permissions aux poilus!

Trois exclamations.

Je l'avais entendu dire, s'écrie M. Moriteau, mais je n'avais pas voulu le croire. On entend de tels racontars, de telles histoires à dormir debout!

— Des permissions? murmure Cécile rêveuse.

— Mais des permissions de combien? s'informe le conseiller.

— Quatre, six, huit jours, la durée du congé n'est pas encore fixée. On arrangera ça pour le mieux. Que diable. Il faut bien songer à la classe 1935!

— Et aux parents, monsieur, et aux parents! ajoute vivement Mme Moriteau.

Puis se tournant vers son mari :

— Nous allons revoir notre petit Edmond!

M. Moriteau approuve, se félicite. Le colonel

Machavoille frémit. Lœuf revient et reçoit un si
gracieux, un si doux regard de Cécile qu'il en est
ému. Il ne se doute pas que, aux yeux de
Mme Lœuf, il y a toute la lumière de l'espoir
reconquis.

FIN

IMPRIMÉ
POUR ALBIN MICHEL
PAR
L'ASSOCIATION LINOTYPISTE
PARIS, 23, RUE TURGOT-IXe, PARIS